심청전은 우리 민족에게 있어 어머니와 같은 가르침을 주고 마음에 위안을 주는 소설이다.

나라를 구한 심청전

예 림

세상은 꿈꾸는 자가 움직인다.

지금 대한민국은 기회와 위기라는

두 가지 길 위에 서 있다.

우리가 '기회'라는 도구를 잡고 앞으로 나가면

기회를 만들것이요.

반대로' 위기'라는 도구를 잡고 앞으로 나가면

위기가 올 것이다.

나는 우리나라 '심청전'이 대한민국에

'기회'를 만들어 줄 문화 컨텐츠 소재로

가장 적합하다고 생각한다.

그래서 나는

'나라를 구한 심청전'를 쓰게 되었고

이 책 한권으로 대한민국을 구하고

더 나아가서 세계 평화를 구할 수 있는

'평화의 도구'로 사용되기를

간절히 염원한다.

목 차

프롤로그

오스트리아의 과학자 콘라트로런츠는 동물행동학에 대한 업적으로 노벨 심리학, 의학상을 수상했다. 그가 발견한 동물 행동학 중에 '각인'에 대한 실현이 있는데 거위나 오리 등이 갓 태어나서 처음 본 움직이는 대상을 어미로 인식하는 본능(각인)을 갖고 있다는 것을 발견한 것으로 유명하다.

각인(본능)이란 단지 동물에게만 국한되지 않고 갓 태어난 아기들의 행동발달을 자세히 관찰해보면 인간에게도 유사섬을 발견할 수 있다. 아기들이 부모로부터 어떠한 방식으로 보호받았는지도 매우 중요하지만 부모 중에 아버지와 더 밀착관계에 있었다면 아버지의 행동을 더 많이 모방하고 빨리 습득하게 된다. 아기의 이러한 행동은 자신이 보호받을 사람에게 더 많이 보호받을 수 있다는 본능에서부터 출발한 가장 기본적인 생존의 욕구로부터 나온 행동인 것 같다.

나의 성장과정을 되돌아보면 손아래 동생과 두 살 밖에 차이가 나지 않기 때문에 엄마보다는 아버지께서 나를 많이 보살펴주셨다. 어린 시절 아버지 등에서 잠들었다가 가끔씩 눈을 떠보면 아버지의 큰 점퍼를 내 머리부터 발끝까지 뒤집어 씌워주시고 엄마와 아버지께서 밤길을 나란히 걸으시면서 도란도란 이야기를 나누셨던 기억이 난다.

엄마는 손아래 동생을 업고 걸으셨던 것 같다. 그래서 일까 ? 나는 엄마에 대한 기억보다는 아버지에 대한 기억이 더 많고 그리고 추억도 더 많다. 인간에게 있어 세상에 태어나 처음 만난 부모의 영향력이란 절대적이다. 부모의 행동은 굳이 자식에게 가르치지 않아도 자동으로 입력되어 각인된다. 처음 만난 부모가 각인되어지듯 처음 만난 스승도 각인된다. 나는 이 책에서 지금까지 살아오면서 나에게 주었던 강력한 각인들에 대하여 마음속 깊이 내제되어 있던 생각의 조각들을 모아 한 조각씩 퍼즐을 맞추듯 기억나는 데로 전개해 나갈 것이다. 그리고 각인(본능)이 한 사람의 삶에 있어서 얼마나 많은 영향을 주는지 말해주고 싶다.

어린아이의 눈: 초등학교 1학년에 입학하면서 부모로부터 독립한 자아가 첫 번째 만난 1학년 담임선생님을 통해 넓은 세상으로 나갈 준비과정을 배우게 된다. 그래서 초등학교 첫 담임선생님은 한 사람이 세상을 살아갈 때 타인에 대해 가장 강렬하게 각인되는 존재로 부모 다음으로 영향을 많이 받을 수 있는 존재이기도 하다. 좋은 선생님의 이미지든 나쁜 선생님의 이미지든 첫 만남이기 때문에 오랫동안 잠재되어 있다. 나는 1학년 담임 선생님과 2학년 담임 선생님으로부터 세상을 따뜻하게 바라보는 감수성을 배웠다. 너무도 감사하고 고마운 분들이시다.

어린아이들이 바라보는 세상은 곧바로 마음의 창이 된다.

심청이와 심봉사의 눈: 우리나라 고전소설인 심청전에 나오는 심봉사와 심청이를 통해서 그 시절 가난하고 암울했던 서민들의 삶을 고스란히 담아냄으로써 후대에 많은 교훈을 남겨 주었다. 심청전에 대하여 외국의 어떤 나라에서는 아동학대 또는 인권유린이라고 하며 자식이 목숨을 바쳐 부모의 눈을 뜨게 한다는 것은 있을 수 없는 일이라고 문제를 제기한다. 그 말은 왜 심청전이 만들어졌는지에 대한 우리나라의 시대적 배경을 모르고 하는 말이다.

심청전은 어느 시대에 누가 썼는지 알 수 없다. 작가 미상이다. 우리가 알 수 있는 것은 고전소설로 옛날부터 입에서 입으로 전해 내려와 책으로 만들어졌다는 것이다. 우리나라 역사를 보면 외부세력으로부터 얼마나 많은 침략이 있었는가?

전쟁에서 패배한 나라의 비참함이란 어떻게 말로 표현 할 수 있다는 말인가?

전쟁에서 승리한 나라의 노예가 되면 목숨을 빼앗겨도 어찌할 방법이 없는 것이 망국의 현실이었다.

힘이 강한 나라에 약한 나라가 할 수 있는 최선의 방법으로는 조공으로 '공녀'를 상납하는 제도가 있었는데 대략 12살부터 18살의 어린 여자아이들이었다고 한다. 금지옥엽 키운 딸을 공녀로 보내야만 하는 부모의 심정은 어떠했겠는가?

세상에 무엇과도 바꿀 수 없는 것이 자식이거늘 다른 나라의 공녀로 끌려가 생이별을 해야 한다고 생각하니 부모님들의 애달픈 통곡소리는 널리 십 리 밖까지 울려 퍼져 산천도 울고 하늘도 울고 온 나라가 울음바다로 변했을 것이다. 이보다 더 큰 슬픔이 또 어디에 있겠는가?

온 나라가 모두 슬픔에 잠겨있을 때 누군가가 심청이라는 주인공을 만들어 백성들의 마음을 어루만져주고 위로해주고 싶어서였을까?

심청이를 공양미 삼백석으로 팔아 인당수에 빠져 죽게 함으로써 '공녀'보다 더 슬픈 주인공이지만 결국에는 연꽃으로 피어나 환생하여 황후가 되고 아버지를 만나 모두 행복하게 잘 살게 되었다는 소설 속의 주인공을 보면서 더 이상 희망이 없이 절망 속에서 삶의 의지를 잃어버린 채 살아가고 있을 백성들이 살아갈 수 있게 만들었는지도 모른다.

작가가 실제 심청이를 모티브로 소설을 썼든지 아니면 가상의 인물을 만들어서 썼든지 심청전은 우리민족에게 있어 어머니와 같은 가르침을 주고 마음의 위안을 주는 소설이다. 부모님들이 아이들에게 효도를 가르칠 때 직접 입으로 말하지 않고 심청전만 읽어도 스스로 효도하는 마음이 들 수 있게 만든다.

심청전에는 말로 표현할 수 없는 강력한 힘이 있어 사람의 마음을 사로잡는다. 그리고 여러 번 읽다보면 심청전에 숨겨져 있는 오묘함에 깊이 파고들게 된다. 한 가지 예를 들자면 심청전에 나오는 심봉사는 단순히 앞을 보지 못하는 외형적인 맹인을 의미하는 것이 아닐 수 있다. 상대의 마음을 알지 못하고 때로는 시대를 읽지 못하는 '까막눈'의 의미의 맹인일수 있다.

한 나라의 무능한 군왕이 시대의 흐름을 읽지 못하고 나라가 망하여 백성들의 어린 자식들을 공녀로 보내고 있는 군왕의 어리석은 모습을 비판한 것이 아닐까 ? 라고도 추측해본다. 군사부일체(君師父一體)라는 한자가 있다. 임금과 스승과 아버지는 한 몸과 같다는 뜻이다. 그러므로 심봉사는 약소국의 군왕으로도 볼 수 있다.

심청전은 우리민족의 가장 비참한 아픔을 승화시키기 위해 만들어낸 불후의 명작이다.

우리민족은 심청이를 보면서 부모님께 효도하는 법을 배웠고 인당수에서 거침없이 자신의 몸을 내던지는 심청이에게서 살신성인의 정신을 배웠다. 그래서 나라에 어려움이 있을 때마다 자신의 몸을 초개처럼 던졌던 수없이 많은 애국자들에게서 심청이의 모습을 볼수 있었다.

우리나라의 한 맺힌 역사의 단면인 심청전을 통해서 마음속 깊은 곳에 슬픈 백성의 삶이 각인되었고 우리 민족의 뿌리가 되어 우리나라 대한민국을 지탱해주고 있다. 그래서 심청이를 보면서 자라난 대한민국의 아이들의 미래는 눈부시게 밝을 것이다. 심청전에는 미래세대들이 준비해야 할 메타버스 세상도 등장한다. 어릴 적에 읽었던 전래동화에는 용왕님이 사시는 용궁이 등장한다. 지금으로 말하면 가상현실세계다. 즉 메타버스다.

우리나라는 심청전을 통해서 미래의 메타버스의 비밀을 가장 먼저 찾게 될 것이다.

초등학교 입학식

1975년 3월 초

화단에 살얼음이 살짝 얼어 있었던 이른 봄 용지초등학교 운동장에서 약 180명 정도 되는 아이들이 가슴에 손수건과 입학증을 옷핀으로 고정시키고 엄마 또는 아빠의 손을 꼭 잡고 입학식에 참석했다.

시골이라 할머니의 손을 잡고 온 아이들도 있었다. 학교 운동장 교단에서 교장선생님의 환영사가 끝나고 이어서 담임 선생님이 정해지자 담임 선생님께서 자신의 반에 배정된 아이들의 입학 번호와 이름을 확인하고 두 줄로 세워 놓고 담임 선생님께서 맨 앞줄에 서시고 우리들은 선생님 뒤에 바짝 붙어 두 줄로 서서 졸졸 따라서 교실로 이동했다.

나는 1학년 2반으로 배정되었다.

우리 반 담임선생님은 미소가 곱고 마음이 예쁜 여자 선생님으로 성함이 장병순 선생님이셨다. 나는 담임 선생님을 처음 보았을 때 내 마음에 쏙 들었다. 얼굴 모양은 계란형이셨는데 양쪽 볼이 약간 통통하신 복스러운 계란형이셨고 눈은 딱 보기 좋은 큰 눈이셨는데 속쌍커풀이 있으셨던 것 같다. 머리 모양은 파마를 하셨는데 풀어 놓지 않으시고 한 묶음으로 해서 큰 핀으로 고정시키셨다. 옷차림새는 카라가 약간 넓은 원피스형 반코트를 입으셨는데 녹색 빛과 청색 빛이 혼합되어있는 세련된 군청색을 입으셨던 것으로 기억이 나고 선생님께서 그 반코트를 즐겨 입으셨던 것으로 기억이 난다. 차분하시면서도 늘 밝게 생활 하시려고 하셨던 선생님과 참 잘 어울리셨다. 봄 햇살이 따스하게 창가에 비쳤던 어느 날, 음악시간이었다. 학교에 풍금이 두 대 밖에 없어 풍금으로 노래를 배우려면 고학년 언니 오빠들이 우리 교실에 풍금을 옮겨다 주곤 했다.

"애들아 !
선생님이 먼저 부를 테니 그 다음에 따라서 해."

'나리 나리 개나리 입에다가 물고요.
병아리떼 쫑쫑쫑 봄나들이 갑니다.

반짝반짝 작은 별 아름답게 비치네.
동쪽하늘에서도 서쪽하늘에서도
반짝반짝 작은 별 아름답게 비치네.'

선생님께서는 늘 웃는 얼굴이셨기 때문에 뭘 하셔도 예쁘셨지만 특히 풍금을 치실 때는 선생님 머리 뒤쪽으로 창문이 있었기 때문에 봄 햇살이 머리 위에 살포시 내리쬐면 선생님 얼굴은 역광으로 인해 발그스레 져서 더욱 고우시고 예뻐보였다.

누구나 초등학교 1학년 때 선생님은 평생 기억에 남을 것 같다.

좋은 선생님이든 무서운 선생님이든 안 좋은 기억으로 남은 선생님이든 맨 처음 만났기 때문에 한 사람의 성장과정에서 매우 중요하다고 생각한다. 장병순 선생님께서는 공부보다는 인성을 더 중요하게 생각하셨던 분 같다 한글을 모르거나 덧셈 뺄셈을 가르치실 때 잘 못한다고 매를 들지 않으셨고 큰소리를 치거나 아이들을 야단치셨던 기억이 한 번도 없다.

내 기억으로는 1-1반 선생님은 키가 약간 큰 편으로 젊은 남자 선생님이셨고 1-3반 선생님은 뚱뚱한 체격으로 여자 선생님이셨는데 공부를 꽤 열심히 가르치셨던 같다. 1-4반 선생님은 퇴직이 얼마 남지 않으신 여자 선생님으로 살이 없고 마른편이셨는데 회초리를 들으시고 공부를 많이 시키신다고 소문이 난 선생님으로 기억이 난다.

그 시절에는 선생님께 공부를 배울 때 매를 맞는 것이 일반적이고 당연한 시절이었다. 심지어는 회초리로 때리는 것을 '사랑의 매'라고 하면서 오히려 잘 가르치는 선생님이라고 소문이 나기도 하고 부모님들은 담임 선생님께 때려서라도 공부를 잘 가르쳐 줄 것을 부탁하는 시절이었다. 그때 1학년 4반 선생님께 배웠던 아이들이 고학년 때나 중학교에 올라가 대부분 최상위권의 성적을 유지했다.

장병순 선생님의 교육법

우리반 담임 선생님은 그 시절의 선생님들과 조금 다르셨다.

선생님의 교육관은 아이들이 꾸밈없이 밝고 건강하게 잘 자라는 것이 더 중요하다고 생각하셨다. 그렇다고 공부를 가르침에 있어 게을리 하셨다는 의미는 아니다. 국어책을 크게 소리내어 읽으라고 하시고 산수를 가르치실 때는 아이들이 쉽게 이해할 수 있도록 물건을 가지고 한 개, 두 개, 세 개, 네 개….

세어가면서 쉽게 가르치시려고 노력하셨다.

친구들이 함께 놀다가 말다툼을 하거나 옆 짝꿍하고 싸움이 벌어졌을 때에도 큰소리로 꾸짖기보다는 낮은 목소리로 타이르셨던 기억이 난다. 하루는 우리 반 남자아이 박○○가 울고 있었다.

선생님께서 박○○에게 왜 우냐고 물었다. 그랬더니 손등을 보여주면서 옆에 짝꿍이 손등을 꼬집어서 피가 난다고 했다.

바로 옆 짝꿍은 우리 반에서 공부를 최상위권으로 잘하는 아이로 선생님이 예뻐하는 박○○였다. 선생님께서는 여자아이 박○○에게 친구를 괴롭히면 안 된다고 타이르셨다. 그 후로는 여자아이 박○○가 남자아이 박○○을 한번도 괴롭히는 것을 보지 못했다. 선생님의 타이르심의 교육법은 정말로 큰 위력이 있었다.

지금 생각해보면 아이들을 참 많이 사랑하시고 귀하게 여기셨다.

또 어느 날은 선생님께서

"애들아 !

사진 찍으러 운동장으로 나갈거니까 준비하자." 라고 하시는 것이었다. 선생님을 졸졸 따라서 운동장에 나갔더니 1-1반 담임 선생님께서 옷을 말쑥하게 차려입고 검정색 카메라를 들고 놀이터가 몰려있는 운동장 가장자리에 서 계셨다.

우리 선생님과 1반 선생님은 사진 찍을 장소와 함께 사진 찍을 친구를 정해주셨다. 나는 다섯 번째쯤 찍었던 것 같다. 같은 반 친구 이○○ 이와 내가 미끄럼틀 위에 올라갔는데 아래쪽에서 선생님이 카메라를 바라보라고 하셨다. 이○○와 나는 미끄럼틀 위쪽에 붙어있는 손잡이 봉을 꼭 잡고 사진을 찍었던 기억이 난다.

내 기억으로는 갓난아기 때 찍었던 사진을 제외하고 첫 번째로 선생님께서 우리들에게 추억을 선물해 주시려고 사진까지 찍어준 고마우신 선생님이시다. 그리고 선생님의 남편(사부님)은 직업군인으로 군복무 중에 사망하신 것으로 기억한다. 아무튼 직업군인이든 아니든 사별하신 것은 확실하다. 그래서 그럴까 인간의 존엄성을 매우 귀하게 여기셨던 분 같다.

선생님께서 자녀가 두 명 있었는데 내 나이보다 위인 따님이 한 분 있었고 내 나이보다 약 두 살 정도 어린 아드님이 있었는데 어느 날 선생님께서 아드님을 학교에 데리고 왔고 교단에서 노래를 부르게 했는데 그때 애국가를 불렀던 장면이 기억난다. 선생님 아드님 이름은 성은 확실히 기억나지 않는데 이름은 창균이가 확실한 것 같다.

내가 선생님을 좋아해서였을까 ? 선생님과 연관된 것들이 많이 기억에 남아 있다.

자동으로 파노라마처럼 저장되어 있다. 내가 애써서 기억 하려고 하지 않아도 각인되어 있다. 선생님하고 1년 동안 즐겁게 공부도 하고 노래도 배우고 운동장에 나가서 재미있는 게임도 하고 1년이 어떻게 지나갔는지 모를 만큼 훌쩍 지나가고 1학년을 마치는 마지막 날이 왔다.

오랫동안 사귀었던 정든 내 친구여 ~ 다시 만날 그날위해 . . .

선생님께서는 반 친구들 모두에게 연필 한 자루씩 지우개 한 개씩을 선물로 나누어 주시면서 2학년에 올라가서 쓰라고 하셨다. 그리고 공부도 열심히 하라고 격려의 말씀도 잊지 않으셨다.

반 아이들에게 모두 하교하라고 하시면서 네 명의 친구들만 호명하여 교실에 남아 있으라고 하시고 교무실로 가셨다. 이○○ 친구하고 박○○ 친구하고 김○○ 친구하고 김○○ 친구하고 나하고 5명이 교실에 남게 됐다.

나는 박○○ 친구와 같은 마을에 살기 때문에 같이 집을 가야해서 교실에 남을 수밖에 없었다. 잠시 후에 선생님께서 교무실에 다녀 오시고 나서 선생님 책상에 앉으시더니 서랍에서 무엇인가를 꺼내셨다. 아주 크고 예쁜 필통이었다. 한 개는 분홍색이었고 다른 한 개는 연두색이었고 나머지 두 개는 연한 파란색 필통이었다.

남아있는 친구들 네 명을 선생님 책상으로 둘러 앉으라고 하고 네 명의 친구들한테 고르라고 하셨다. 멀리 앉아서 친구를 기다리고 있는 나에게 미안하셨는지 잠깐 오라고 하시면서 연필 한 자루와 지우개 한 개를 더 주셨다.

나는 선생님 책상 위에 놓인 연분홍색 필통이 참 예뻤다. 그 분홍색 필통을 누가 집을까? 궁금해서 지켜보고 있었는데 연분홍색 필통을 얼른 박○○이가 집었고 그 다음 이○○가 연두색 필통을 곧바로 잡으며 좋아했다. 나머지 2개는 김○○ 하고 김○○에게 선생님께서 집어 주셨다.

지금 생각해보면 그때 남아 있었던 네 명의 친구들은 대부분 첫째 아이들이어서 부모님들이 조금 더 관심을 가지고 선생님께 가끔씩 찾아뵙고 아이에 대하여 상담을 하셨던 것 같다. 그 중에 김○○의 할머니는 첫 손녀딸이라 너무 귀여워서 그러셨는지 할머니께서 자주 학교에 오시곤 했다.

장병순 선생님께서는 학교에 학부모님이 자주 오신다고 해서 그 아이만 편해하시거나 더 예뻐하시거나 하지 않으셨고 우리 반 친구들 모두에게 공평하게 대해주시고 늘 따뜻한 눈빛과 사랑의 미소로 바라보셨던 좋은 선생님이셨다.

지금 생각해보면 1학년 선생님들은 한 사람의 인생에 있어서 학업 면에서나 인성 면에서나 아주 중요한 것 같다. 집에서 어리광만 부리고 자랐던 아이들이 처음 자신을 타인과 비교하고 경쟁할 수밖에 없는 구조에서 선생님과의 관계는 앞으로 세상을 살아가는데 큰 영향을 미친다고 생각한다.

선생님은 부모다음으로 귀한 제2의 부모라고 생각한다. 그래서 옛말에 '스승의 그림자는 밟지도 않는다'는 말이 있지 않는가? 나는 선생님이 입학식 때 입었던 원피스형 반코트의 군청색을 지금도 좋아하고 내가 그림을 그릴 때 군청색을 자주 사용한다. 그리고1학년 마지막 날에 박○○ 친구가 선생님께 받았던 연분홍색 필통이 너무 예뻐서 지금도 나는 분홍색을 좋아한다.

윤석진 선생님과의 세 가지 추억

1학년을 마치고 2학년으로 올라갔다.

2학년 2반으로 배정되었다. 2학년 담임선생님은 학교의 교무주임 선생님이셨고 연세가 많으셔서 정년퇴임이 몇 년 안남으셨던 선생님으로 성함이 윤석진 선생님이셨다.

키는 평균이셨고 얼굴과 전체적인 체형은 약간 통통하시고 얼굴 표정은 온화하셨다.

2학년 담임선생님께서도 1학년 담임선생님처럼 아이들에게 회초리를 들거나 큰 목소리로 야단치셨던 적이 없으셨다. 단지 교무주임 선생님이라서 학교의 전반적인 행사와 총괄 업무를 담당 하셨기 때문에 늘 바쁘게 교무실에 자주 가셨던 기억이 난나.

2학년 때 담임 선생님을 회상하면 크게 세 가지가 떠오른다.

첫 번째 기억은 내가 세상에 태어나서 선생님 또는 타인에게 칭찬받는다는 것이 얼마나 소중한 것인지 알게 해 주셨다.

2학년으로 올라 간지 얼마 안 되었던 어느 날 이었다.

대략 사월달쯤으로 교정에 목련꽃이 반쯤 수줍게 피어 있던 봄날에 담임 선생님께서 반 아이들에게 대청소를 하라고 하시고 그날도 급하게 교무실로 향하셨다. 남자 아이들은 빗자루를 들고 복도와 계단을 주로 청소하고 여자 아이들은 교실 바닥을 쓸고 닦고 유리창을 닦았다.

이른 봄에 하는 대청소는 겨울동안 묵어있던 때가 많이 있어서 그런지 시간도 오래 걸리고 힘도 많이 들었다.

그 날도 교실바닥을 계속해서 여러 번 닦아도 좀처럼 나아지지 않았다.

우리학교 교무실이 있던 본관은 지은지 꽤 오래 되었지만 우리교실은 지은지 몇 년 되지 않은 건물로 그래도 마루바닥이 나은 편에 속하는 데에도 대청소를 하다 보니 쉽지 않았다. 나는 친구들이 교실바닥을 닦을 수 있게 빗자루로 바닥을 쓸고 난 후에 유리창에 다가가서 창문을 닦고 있었다.

여자 친구들이 교실바닥을 두 번 정도 닦고 난 후에 잠깐 쉬면서 놀고 있었다. 처음에는 네다섯 명이 놀았는데 나중에는 여자 친구들 절반 정도가 놀고 있었다. 나도 친구들하고 함께 놀고 싶어 유리창을 얼른 닦고 내려와 청소 도구함으로 다가 가서 유리창을 닦을 때 사용했던 마른 수건을 청소 도구함에 넣으려고 하는데 반 친구들이 청소를 마치지 않아 청소 도구함을 비롯하여 주변이 지저분하게 청소 도구들이 흐트러져 있었다.

곧바로 친구들이 노는 곳으로 가려고 하다가 지저분한 청소 도구함을 지나칠 수 없어 청소 도구함을 깨끗히 정리 정돈하기로 마음먹었다.

마른 수건은 차곡차곡 개어 놓고 빗자루도 가지런히 정리하고 있을 때 누군가가 내 머리를 쓰다듬는 것이었다. 하던 일을 잠시 멈추고 뒤돌아보니 담임 선생님께서 웃는 얼굴로 나를 바라보고 계셨다. 선생님을 바라보고 있는 나에게

"현영이는 참으로 착하고 성실한 아이구나 !

선생님이 교실에 안 계셔도 스스로 청소함 정리 정돈을 이렇게 깔끔하게 잘하고 있네." 라고 칭찬해 주셨다.

그 날 담임선생님께 들었던 칭찬 한마디가 내 평생 동안 마음속에 각인되어 지금도 내가 어떤 상황에 놓여 있을 때 어떻게 행동해야 하는지 무의식 속에서 나를 움직이고 가르쳐 주고 있다. 그 당시에는 학교에서나 가정에서나 전혀 칭찬해 주는 문화가 아니었다. 특히 시골집 가정에서는 대부분 먹고 사는 게 힘든 시절이라 아이들에게 차분하게 칭찬을 해줄 수 있는 시간적 여유도 없거니와 익숙하지 않은 문화였다. 어쨌든 담임 선생님으로부터 처음 칭찬을 받으 날. 나는 생각했다. 누군가가 옆에 없고 나를 지켜보지 않아도 성실하게 맡은 일에 대하여 최선을 다해야겠구나 ! 라고 마음먹었다. 그 후로도 가끔씩 흐트러져 있는 청소 도구함을 볼 때면 정리해 놓곤 했다.

칭찬이란 얼마나 위대한가 ?

한사람의 인생을 변화 시킬 수 있는 강력한 힘을 가지고 있다.

특히 내 이름까지 불러 주시며 칭찬해 주신 것은 마음속 깊은 곳에 커다란 기쁨을 주었으며 마치 보물처럼 지금도 소중한 기억으로 간

직하고 있다.

두번째 기억으로는

우리반에 서울에서 남자 아이가 전학을 온 날이다.

그 아이의 이름은 정○○이다.

서울에서 전학 온 아이를 처음 보았다. 우리 반 남자 아이들보다 약간 큰 키였고 얼굴이 유난히 하얗게 보였다.

시골 아이들은 햇빛을 많이 쬐어 대체적으로 까무잡잡한데 전학 온 정○○이는 얼굴이 하얗던 기억이 뚜렷하게 남아있다.

게다가 시골 아이들이 구경해 본적이 없는 패션을 하고 나타났다.

색깔이 고운 분홍색 점퍼를 입고 왔다.

그 아이가 얼굴이 하얗기 때문에 분홍색 점퍼가 잘 어울렸다.

서울에서 전학 왔다고 해서 신기하기도 하고 첫인상이 착하게 생겨 좋은 친구가 우리 반에 전학 왔다고 생각했는데 때마침 담임선생님께서 전학 온 아이와 친하게 지낼 수 있게 연결해 주셨다.

수업을 모두 마치고 종례시간이었다.

담임선생님께서 정○○를 앞으로 나오라고 하더니

애들아 !

정○○가 멀리 서울에서 전학 왔으니 당분간 학교에 적응하기 힘들거야

그러니 너희들이 잘 대해주고 친하게 지내도록 해라

그다음 정○○가 임상리에 살고 있는데 같은 마을이나 바로 옆 마

을에 살고 있는 친구 있으면 손들어 볼까?

담임 선생님께서 그렇게 말씀 하시자

나까지 포함해서 세 명의 친구가 손을 들었다.

박○○ 하고 이○○하고 김현영은 잠깐 자리에서 일어나 보라고 하시면서 담임 선생님께서 우리들에게 당부의 말씀을 하셨다.

정○○ 친구가 하굣길에 혼자 가지 않게 너희들과 집 가는 방향이 같으니 넷이서 함께 가라고 하셨다.

담임선생님께서 그렇게 당부의 말씀까지 있으셨으니 우리들 넷이서 사이좋게 집으로 발길을 옮겼다. 네 명이서 들판 길도 함께 지나고 보리밭 옆길도 지나고 개울가에 놓인 다리도 조심조심 줄지어 건넜다. 새로운 친구가 생겨서 더 재미있고 즐거웠다.

정○○ 친구만 남자 아이고 나머지 세 명은 모두 여자 친구들이었다.

특별히 담임선생님께서 정○○를 잘 챙겨 주라고 하신 말씀이 생각이 나서 여자 친구들 세 명이서 정○○ 친구의 가방이 무거울까봐 번갈아 가면서 들어 주기도 했다. 그렇게 이틀정도 하굣길에 여자 친구 셋이서 정○○의 가방을 들어 주다가 사흘 후 쯤 정○○가 미안했는지 본인이 들고 가겠다고 해서 그 다음부터는 가위 바위 보를 해서 진 사람이 이긴 사람의 가방을 들어다 주기로 했다.

집으로 넷이서 함께 갈 때면 특별히 재미있는 일이 없어도 계속해서 깔깔깔 웃었다.

그냥 그대로가 즐겁고 재미있었다. 한참 동안 넷이서 사이좋게 잘

지내고 있었는데

어느 날 부터 정○○가 우리들하고 함께 안가고 혼자 가겠다고 했다. 처음에는 왜 갑자기 혼자 가겠다고 하는지 이유를 몰랐다.

나중에 알고 보니 정○○를 같은 마을에 사는 남자 아이들이 여자 아이들하고 함께 간다고 놀려서 정○○가 우리들과 함께 안다니게 되었다는 사실을 알게 되었다.

그 시절에는 여자친구와 남자친구가 함께 놀면 큰일 나는 줄 아는 시대였다.

서로 손만 잡아도 아기가 생긴다고 알 정도로 순진할 때였으니 남자 아이들이 정○○를 놀리는 것은 지극히 당연한 일이었다.

그 후로 정○○와 우리들이 가끔씩 마주쳤지만 함께 가는 일은 없었다.

담임선생님께서 마음이 따뜻해서 전학 온 친구가 학교에 잘 적응할 수 있게 배려해주신 일을 계기로 우리들 네 명의 친구들은 소중한 추억을 만들 수 있었다.

윤석진 선생님의 이야기 교육

세 번째 기억은

선생님께서 옛날이야기를 자주 많이 해 주셨는데 이야기를 하실 때 말씀으로만 하지 않으시고 우리들이 이야기의 장면에 대해 상상할 수 있게 몸짓으로도 표현해 주셨다. 만약 이야기 속에 주인공이 산길을 걷게 되었는데. 라고 말씀하실 때는 선생님께서 직접 교단을 걸으시면서 나그네의 걷는 모습을 흉내 내시곤 하셨는데 이야기가 더 생동감 있고 흥미진진했었다.

선생님께서 옛날옛날 먼 옛날이라고 이야기를 시작하실 때면 나는 벌써 상상의 나래를 활짝 펴고 이야기의 주인공과 한 공간에 있는 듯한 착각을 한다.

내 얼굴은 호기심 가득한 얼굴로 변해있었다.

다음 장면은 무엇일까 ?

마지막 장면은 어떻게 끝날까 ?

빙그시 웃고 있는 표정을 보시고 하루는 호랑이가 사람에게 '어흥' 하면서 달려드는 장면을 흉내 내시며 내 앞으로 가까이 오시는 것이었다. 깜짝 놀라게 하시려고 장난을 치신 것이었다.

그때 그날 들었던 이야기의 줄거리는 이렇다.

옛날옛날 아주 먼 옛날에 어느 산골 마을에 양반이 한 명 살고 있었습니다. 한양에 과거를 보고 천천히 산길을 걸어가고 있었습니다. 한참동안 걸어가고 있는데 갑자기 호랑이가 나타나서 '으앙' 하고 달려드는 것이었습니다. 결국 호랑이가 양반을 물고 가서 그만 목숨을 잃었습니다.

죽은 양반에게는 아들이 한 명 있었는데 아버지가 석 달이 되어도 집으로 돌아오지 않자 아들이 아버지를 찾으러 나섰습니다. 산을 넘고 강을 넘다 보니 깊은 산속까지 들어가게 되었습니다. 낮에는 앞이 보여 산길을 갈 수 있었지만 밤에는 칠흑 같아 걸을 수 없어 나뭇잎을 모아서 덮고 자고 날이 밝으면 걸어서 이 산 저 산 헤매이며 아버지를 찾고 다녔습니다.

아버지의 흔적이라도 찾고 싶었습니다. 아들이 사흘째 되던 날 깊은 산속에 있는 오두막집을 발견하게 되는데 옆쪽으로 헛간 세 칸이 있었습니다. 첫 번째 칸의 문을 열었는데 아무것도 없는 빈 헛간이었습니다. 두 번째 문을 열었을 때도 아무것도 없었습니다. 세 번째 마지막 문을 열었는데 사람의 뼈가 산더미처럼 쌓여 있었습니다.

아들은 너무 놀라서 뒤로 넘어질 뻔 했습니다. 이렇게 많은 뼈가 있는데 이중에서 어떤 것이 아버지의 뼈란 말인가? 하면서 슬퍼서 눈물을 흘렸습니다. 한참을 울다가 생각해보니 운다고 해결할 수 있는 방법도 없다고 생각이 들어 마음을 가다듬고 주문을 외웠습니다.

"비나이다. 비나이다. 천지신명께 비나이다.

저희 아버님을 저에게 보내 주십시요.

이렇게 많은 뼈가 쌓여 있는 중에 제가 도저히 찾을 수가 없습니다.

천지신명께서 저를 불쌍히 여기시어 부디 저희 아버님을 저에게 보내 주세요."

아들은 눈물을 흘리며 계속해서 사흘 동안 빌었습니다. 사흘째 되던 날 뼈가 잔뜩 쌓인 그곳에서 머리 부분의 해골 1개와 등뼈와 팔뼈 2개, 다리뼈 2개가 뼈 무덤에서 굴러 떨어지더니 바로 소년 무릎 앞으로 가지런히 놓이는 것이었습니다.

아들은 천지신명께서 나를 불쌍히 여겨 나에게로 아버님을 보내 주셨다고 생각하여 그 뼈를 잘 챙겨 집으로 돌아와 바로 집 옆에 양지 바른 곳에 무덤을 만들어 드리고 아침저녁으로 문안 인사 올리며 효도를 다 하였다는 이야기입니다.

동화책과 만나다

지금도 윤석진 선생님을 생각하면 그때의 모습이 아련히 떠오른다.

선생님께서 들려주신 옛날이야기를 좋아하다보니 동화책을 좋아하게 되었고 어릴 때 수업시간에 배운 과목 중에 국어 과목을 좋아하게 되었다. 수학과목이나 과학과목에는 이야기가 들어 있지 않고 국어 과목에는 중간 중간에 이야기가 들어 있어 국어 과목을 좋아했다.

국어책 내용 중에 이야기가 나오는 단원은 더 집중해서 듣고 읽었던 것 같다. 지금도 내 기억 속에 또렷이 남아 있는 저학년 국어책에 있었던 이야기의 줄거리를 생각하면 교과서가 아이들의 성장과정에 매우 중요하다고 생각한다.

대략 3학년 때 국어 교과서에 실렸던 내용으로 기억하며 교과서 단원명은 '슬기로운 아이' 로 우리나라를 위해 목숨을 바쳐 싸운 위인의 어린시절에 있었던 일을 이야기식으로 전개한 글이었다.

옛날에 한 마을에 소년이 살았는데 글공부도 열심히 하고 품행이 단정 했다. 그런데 그 소년에게 조금 특이한 점이 있었는데 집 근처에 있는 대나무 숲에서 대나무를 베어다가 다듬어서 길게 화살 모양을 만들어 어딘가에 숨겨 놓는 것이었다.

왜 숨겨 놓는지 이유는 말하지 않고 계속해서 만들어 숨겨 놓았다.

그러던 어느 날 이웃나라의 오랑케가 쳐들어와 전쟁이 났다.

모두들 오랑케가 쳐들어 왔다고 난리가 났고 대책을 세우느라 야단들이었다.

오랑케가 이 마을 저 마을 쑥대밭으로 만들어 놓고 드디어 소년이 살고 있는 마을로 와 소년의 집 대문을 활짝 열어 제치며

"여봐라 ! 아무도 없느냐 ?" 라고 오랑케가 외치자

소년의 아버지가 오랑케를 막기 위해 대문 앞으로 나간 위급한 상황에서

슬기로운 아이가 자신의 집에 있는 다락방으로 올라가 그동안 대나무로 만들어 놓은 많은 양의 화살대를 한꺼번에 방바닥으로 던지며 힘껏 큰 소리로 외친다.

"아버지 !

화실을 찾았어요 ! 여기 많은 화살이 있어요 !"

소년은 대문밖에 오랑케들이 들을 수 있게 큰소리로 외치고 나서 또 다시 많은 양의 화살대를 계속해서 방바닥으로 던지는 것이었다. 오랑케들은 방바닥으로 쏟아지는 화살대 소리가 얼마나 큰지 많은 양의 화살을 소년이 발견한 것으로 착각하고 겁을 잔뜩 먹고 멀리 십리 밖으로 줄행랑을 쳤다는 줄거리다.

'슬기로운 아이'를 국어 교과서에서 보면서 그 당시 많은 것을 느꼈다.

그 어린 소년의 지혜로 나라를 구했다고 생각하니 소년의 지략에

대해 놀라웠고 큰 감동을 받았다. 그리고 나에게 큰 교훈을 주었다.

나도 '슬기로운 아이'처럼 용기와 지략을 가지고 나라가 위급할 때 나라를 구할 수 있으면 참 좋겠다. 라고 마음먹었다. 그리고 처음으로 내마음속에 나라를 생각하는 애국심을 가졌다.

아이들의 저학년 국어 교과서의 내용은 매우 중요하다.

어린 아이들의 꿈과 이상이 꿈틀거릴 때 좋은 내용으로 바르게 가르쳐야 한다.

아이들은 보고 듣는 데로 받아들이고 학습한다. 물론 아이들의 재능이 각각 다르기 때문에 자기 방식으로 바꿔 받아들이고 습득하겠지만 담임 선생님은 아이가 최대한 정확하게 이해하도록 가르쳐야 한다 . 그래서 초등학교 저학년 때 교과서와 담임 선생님은 매우 중요하다.

2학년 때 담임선생님의 이야기 교육으로 인해 자연스럽게 동화책을 좋아하게 되었고 방과 후에는 동화책을 읽고 싶어 학교에 있는 도서관을 자주 찾게 되었다. 도서관이 마침 우리 교실과 아주 가까이에 있었다.

나는 도서관에 가서 잭과 콩나무도 읽고 홍부전도 읽고 콩쥐팥쥐도 읽고 심청전도 읽었다.

그때 당시 심청전을 읽을 때는 단순히 효녀심청으로 기억하고 있었지만 지금은 심청전의 시대적 배경을 생각하면서 우리나라의 역사를 재조명하게 되었고 부모님에게 효도를 다했던 심청이가 '나라를 구한 심청전'이 되어 우리나라의 미래를 바꾸어 놓고 더 나아가서는 세계평화를 가져 올 수 있다고 생각하며 세계의 다른 나라 사람들이 심청전을 읽고 각 나라들이 처해있는 다양한 어려움에 대해 서로 이해할 수 있는 소통의 역할을 했으면 좋겠다.

심청전 줄거리

옛날 황해도 황주 도화동이라는 시골마을에 심학규라는 맹인이 살았다. 여덟, 아홉 채가 옹기종기 모여 초가집을 이루고 마을 한가운데 큰 기와집이 한 채 있었는데 아주 조용하면서도 평화로운 시골 마을이었다. 심봉사의 집은 마을에서 조금 떨어진 외딴집으로 집안은 본래 양반집이었으나 벼슬을 얻지 못하였으므로 가세가 기울어 근근이 살아갈 수박에 없는 처지가 되었다.

설상가상으로 심학규의 나이 스물이 되던 해에 눈이 점점 보이지 않더니 결국 아무것도 볼 수 없는 장님이 되어버렸다. 이제 눈까지 멀었으니 신세가 외롭고 처량하기 그지없었다.

"에고, 에고, 내 신세야!

비오는 날 뽕잎파리에 얹어 있는 청개구리보다 못하구나!"

불행 중 다행으로 심봉사가 양반이므로 곽씨 집안의 양반집 처녀와 혼인을 하게 되었는데 얼마나 어질고 착하고 솜씨가 좋은지 소문이 십리 밖까지 날 정도였다. 곽씨 부인은 남편을 공경하고 알뜰이 살림도 잘하고 게다가 바느질까지 잘해서 마을에 양반집의 저고리, 치마, 마고자, 바지를 만들어 주는 일을 하고 새신랑 신부의 원앙금침부터 양반들이 입는 관복 흉배까지 맡을 만큼 바느질 솜씨가 매우 뛰어났다.

곽씨 부인은 바느질 삭(값)을 받아 조상님께 제사도 지내고 지아비 옷도 사시사철 지어주고 맛있는 반찬도 만들어 극진히 보필해주니 심봉사는 늘 지극정성으로 잘해주는 아내가 너무 고마워 눈물이 날 정도였다.

"내가 전생에 당신과 무슨 인연이 있었기에 이렇게 부부로 만나 나는 이렇게 편하게 살고 당신은 나를 위해서 이렇게 고생을 한단 말이오?

지아비로써 참으로 고맙고 면목이 없소이다."

심봉사는 이런 아내가 늘 고마울 따름이었다. 부부는 비록 가난하지만 말다툼 한번 없이 서로 위로하고 의지하면서 하루하루 열심히 살았다. 어려운 살림살이로 근근이 살아가는 처지라 심봉사는 아이를 가지고 싶어도 부인에게 말도 못하고 속으로만 끙끙 앓고 있었다. 그러다가 마흔이 되던 해 어느 날 드디어 부인에게 조심스럽게 말을 꺼냈다.

"여보, 임자.

내가 무슨 복으로 부인을 만나 마흔 살이 될 때까지 편히 살았는데 이제 죽어도 여한이 없을 만큼 부인에게 그저 고마울 따름이오. 다만 내가 죽는 것은 괜찮소 만은 죽은 후에 자손을 남기지 않고 죽는다면 내가 어찌 조상님의 얼굴을 뵈올 수 있을까? 그것이 가장 걱정이오."

곽씨 부인이 심봉사의 말을 듣고 보니 한 집안의 며느리로 들어왔으면 그 가문의 대를 잇는 것이 무엇보다도 가장 먼저 해야 할 중요한 일이었는데 그동안 먹고 사는게 너무 힘들다 보니 미처 생각을 못하고 살아온 것 같았다.

"저 또한 죽어서도 조상님께 큰 죄를 지을 뻔했습니다. 지금이라도 정성을 다해 자식을 낳아 조상님들께 효를 다하는 것이 도리인 것 같습니다."

두 사람은 약속을 하고 난후 더 열심히 일해서 일한 값을 받아 곳간에 곡물을 정성껏 차곡차곡 쌓았다. 곳간에 곡식이 거의 가득 쌓인 후부터는 곽씨부인이 성황당에 가서 빌었다. 몇 달을 빌어도 아이가 생기지 않자 큰절에 찾아가서 불공을 들이기 시작했다.

"비나이다, 비나이다. 부처님께 비나이다.

저희 부부 마흔이 될 때 까지 자식이 없으니 죽어서 어찌 조상님을 뵈올 수 있으리까 간절히 원하옵건데 대를 이을 자손 하나 보내주시면 부처님의 은공으로 얻은 자식이라 여기고 정성껏 키우겠나이다."

곽씨부인이 밤낮으로 불공을 들인후 열 달 후쯤 어느 날 밤 꿈을 꾸게 되었다. 연분홍 저고리에 치마를 곱게 입고 머리에는 진달래꽃을 엮어 만든 듯한 화관을 쓰고 긴 머리를 곱게 따서 양쪽 머리 위에 올리고 얼굴은 마치 보름달같이 예쁘고 자태는 다소곳하니 이승에서 볼 수 없는 곱고 귀한 모습이 마치 하늘에서 내려온 선녀 같은 소녀가 학을 타고 내려와서 곽씨 부인에게 큰절을 하더니

"어머니 !

저는 원래 선녀이온데 옥황상제님의 명을 받아 이곳으로 오게 되었어요."라고 하면서 곽씨부인에게 안기는 것이었다. 너무 신기하기도하고 황홀하기도 하고 기뻐서 어찔 줄 몰라 하다가 잠에서 깨어나 곧바로 심봉사에게 꿈 이야기를 들려주었더니 심봉사도 방금 비슷한 꿈을 꾸었다는 것이었다.

"여보, 임자.

부처님께서 우리 부부의 딱한 사정을 알고 우리들의 정성을 받아주셨나보오.

분명 태몽일 터이니 오늘부터는 일도 조금만 하고 몸을 따뜻하게 합시다."

곽씨 부인도 심봉사의 의견에 따라 몸을 아끼고 지낸지 얼마 안 되어 태기가 있어 부부는 뛸 듯이 기뻤다. 한 달 두 달 배가 차오르더니 드디어 열 달이 되어 해산을 하려고 배가 아프기 시작했다.

"아이고, 배야 ! 아이고, 배야 !

아가, 아가, 우리 아가 !

엄마 뱃속에서 잘 자라서 드디어 세상 속으로 나오는구나 !

부디 아무 일 없이 건강하게 나오려무나 !

어서 어서 쉬이 쉬이 나오너라 !"

곽씨 부인이 이렇게 주문을 외우니 드디어 달덩이 같이 예쁜 여자아이가 태어났다. 심봉사는 기뻐서 어쩔줄 몰라 했다. 곽씨부인이 딸

이라고 서운해 하자

" 딸이면 어떻고 아들이면 어떻소.

늦게라도 자식을 얻은 것이 얼마나 기쁜지 모른다오." 라고 하며 부인을 위로했다.

이제 가족이 한 명 늘어 세 가족이 되었다. 비록 가난하고 앞이 보이지 않는 장님이었지만 이 세상에 부러울 것이 하나도 없었다.

곽씨부인에게 심봉사가 아기를 건네주며 한번 안아 보라고 했다. 곽씨부인이 아기를 한번 안아주고 아기의 얼굴을 보니 살포시 웃는 듯한 표정을 짓는 것이었다. 마치 엄마를 알아보는 듯 했다. 곽씨부인은 아기의 얼굴을 보는 순간 더 없이 기쁘고 행복했다.

심봉사는 부인에게 미역국을 끓여 정성스럽게 밥상을 차려주며 먹게 했다. 곽씨부인이 식사를 마친후에는 장독대에 가서 상을 차려놓고 이른 아침 우물가에서 길어 올린 정화수를 떠서 상위에 올려놓고 정성을 다해 빌었다.

"비나이다, 비나이다. 천지신명님께 비나이다.

어렵게 얻은 자식 아프지 않고 무탈하게 잘 자랄 수 있게 도와주소서 !

얼굴도 곱고 마음씨도 곱고 어려운 사람의 마음도 헤아릴 줄 아는 지혜로운 아이로 자랄 수 있게 해주시옵소서 !"

심봉사는 매일 아침 우물가에 정화수를 떠놓고 정성을 다해 천지신명께 빌고 난 후에는 아가를 안고 방안을 빙빙 돌려서 아이와 놀아

주었다.

"어아 둥둥 보배로다!

금자동아! 옥자동아!

채색비단 오색동아! 높으거라! 높으거라!

하늘같이 높으거라! 바다같이 너르거라!

금을 주면 너를 살까? 옥을 주면 너를 살까?"

세상에 귀한 보물을 모두 빗대어도 비교가 안되었다.

심봉사는 아기와 놀아 주면서 아기 이름을 뭐라고 지을까?

생각해 보았다. 이 세상에 금이 가장 귀하니 금이 라고 지을까?

아니면 옥구슬같이 예쁘다고 옥이 라고 지을까?

아니면 오래 살라고 '수' 라고 지을까?

어떤 이름이 우리 딸한테 가장 좋을까?

이 생각 저 생각 하다가 문뜩 내가 앞을 보지 못해 세상에 나가 할 일도 제대로 못하고 살고 있으니 우리 딸은 눈이 맑아서 세상에 나가 큰일을 하라고 맑은 '청'자를 써서 청이 라고 지으면 좋겠구나! 라고 생각이 들어 곽씨부인에게 말했다.

"여보. 임자.

우리딸 이름을 '맑은 청' 자를 넣어 청이라고 지었으면 좋겠소.

내가 앞을 볼 수 없으니 우리 딸은 부디 맑은 눈으로 세상을 바라 보고 일을 하게 되면 얼마나 큰일을 할 수 있겠소." 라고 하자.

곽씨부인도 좋는 이름 이라고 하며 기뻐했다.

심청이는 심봉사와 곽씨부인의 사랑을 듬뿍 받으며 울지도 않고 잘 자라주었다. 그렇게 평온하게 세 식구가 지내다가 심청이가 태어난지 한 달쯤 되었을 때 곽씨 부인이 갑자기 기침을 하기 시작했다.

12월 동짓달이라 밖에는 눈이 쌓이고 찬바람이 휘몰아치는 밤이 무척 긴 겨울날에 흙벽으로 만든 초가집에는 찬바람이 숭숭 들어와 코끝이 시렸다. 그동안 추운 겨울을 나기 위해 초가을부터 모아놓은 땔감이 넉넉하게 있어 낮에는 계속해서 군불을 떼도 올해는 다른 해보다 유난히 더 추운 날씨 때문에 이곳저곳에서 찬바람이 계속 들어왔다. 심봉사는 매서운 겨울바람이 야속하기만 했다. 곽씨부인은 아이를 낳은 지 한달 만에 몸조리도 제대로 못하고 그만 고뿔에 걸리고 말았다.

심봉사는 의원에 찾아가 약을 지어 집에 돌아와 정성껏 탕약을 달여 부인께 먹였다. 심봉사는 부인이 혹여 잘못될까봐 노심초사하면서 극진히 부인을 보살폈다. 그렇게 한 달 동안 탕약을 먹어도 기침이 멈추지 않았다.

아이를 갖기 전에 일을 너무 많이 해서 골병이 들었는지 약이 전혀 듣지 않았다. 게다가 추운겨울에 제대로 먹지도 못하고 아이까지 낳았으니 병이 깊어진 것 같았다.

곽씨 부인이 심봉사의 정성에도 병의 차도가 없자 체념한 듯 흐느껴 울면서

"여보 ! 아무래도 제가 얼마 못살 것 같아요.

제가 죽으면 어린 내 새끼 젖은 누가 주고 키운단 말이요?"

곽씨부인 잠깐 생각에 잠기더니

"작년에 건너마을 귀덕이 어미가 둘째를 가졌는데 우리아기와 산달이 같아서 귀덕이 어미에게 그 집 아기 젖먹이고 남은 젖을 먹여달라고 부탁해보세요. 아마도 귀덕이 어미는 마음이 후덕하여 청을 들어줄 거에요."

심봉사가 곽씨부인의 말을 듣고 깜짝 놀라며

"부인!

어찌 그리 심약한 말을 하시오.

이제 어렵게 늦은 나이에 귀한 아기도 얻었으니 봄이 되면 나도 이제는 밖에 나가 농사일도 열심히 하고 우리 세 식구 내년 겨울에는 춥지 않게 초가지붕도 새로 올리고 흙벽도 새것으로 붙이고 구들장도 새로 바꿔 따뜻한 방에서 오손도손 살 참이오. 그러니 마음 단단히 먹고 어서 병을 털고 일어나시오."

곽씨 부인이 심봉사의 말을 들은 후에 한참 동안 목이 메여 말을 잇지 못하고 두 눈 에서 눈물만 주루룩 흘리고 있었다. 심봉사도 곽씨부인을 안고 하염없이 울기만 했다.

"여보!

인명은 재천이라 하였어요. 당신이 저를 이렇게 극진히 병간호하고 탕약을 한 달째 먹어도 손발에 힘이 점점 더 없어지고 기력이 더 빠지고 있으니 어찌해야 한다는 말이오.

제가 죽으면 당신은 누구를 의지하고 살 것이며 옷은 누가 만들어 입혀주고 밥과 반찬은 누가 해준단 말이오?

그리고 낳은 지 백일도 안 된 갓난아기를 두고 눈을 감아야 하는 제 마음은 천갈래만갈래 찢어질 듯 아프고 서글프기 그지없어요."

라고 말하며 심봉사에게 마지막으로 청이에게 젖을 먹이고 싶다고 했더니 심봉사가 심청이를 곽씨부인 품에 안겨준다.

"에고! 내 새끼 불쌍하기도 해라.

엄마 젖도 제대로 못 먹고 어찌 살아간단 말이냐?

천지신명이여!

나는 이제 죽어도 한이 없사오나 불쌍한 내 새끼 청이를 굽어 살펴 주시옵소서.

우리 아가!

눈에 넣어도 아프지 않을 천금 같은 내 자식!

어미가 마지막으로 먹인 젖이라도 먹고 부디 잘 자라거라. 내가 혼백이라도 있으면 낮에는 내 새끼가 잘 먹고 잘 노는지 지켜보고 밤에는 잘 자는지 늘 떠나지 않고 지켜 주리다.

청~아! 청~~~아!"

마지막으로 부르더니 눈물을 주루륵 흘리면서 가쁜 숨을 몰아쉬더니 그만 숨을 거두고 말았다. 엄마가 죽은지도 모르고 갓난아기 청이는 젖을 먹다가 잠이 들었다.

"부인! 부인! 정신 차리시오!

젖먹이를 두고 어찌 저 세상으로 갈수 있단 말이오?

앞 못 보는 나는 부인 없이 어찌 살 수 있다는 말이오?

아이고, 아이고!

당신이 정말 이 세상 사람이 아니고 저 세상 사람이 된 것이요?

천지신명이여!

제발 내 목숨을 거두어 가시고 내 부인을 살려주시오."

심봉사는 미친 사람처럼 방바닥을 치고 자신의 머리를 벽에 부딪치며 큰소리로 통곡하며 울부짖었다.

심봉사 울음소리에 갓난아기 청이가 깜짝 놀라 자지러지게 울었다.

심봉사와 아기의 울음소리에 마을 사람들이 몰려왔다. 곽씨부인이 죽은 것을 보고 마을 사람들도 모두가 함께 슬퍼하며 울었다. 마을사람들은 실성한 사람처럼 울고 있는 심봉사를 위로하며 초상을 함께 치러주고 옆 산에 양지바른 곳에 곽씨부인을 묻어 주었다.

심봉사는 아내를 잃고 한동안 넋 잃은 사람처럼 방안 귀퉁이에 쪼그리고 앉아 밥 한 숟가락 물 한 모금 마시지 않고 죽은 아내만 찾고 있었다.

갓난아기 청이가 배가 고파 울 때면 정신이 번쩍 드는지 청이를 안고 동네 아낙네들에게 젖동냥을 하러 돌아다녔다. 동네사람들은 심봉사와 심청이의 딱한 사정을 알기에 말없이 도와주고 보살펴 주었다. 심봉사는 아내를 잃은 자신보다 엄마를 잃은 청이가 더 불쌍한 생각이 들어 마음을 잡고 청이를 돌보았다.

심봉사의 정성일까 ? 죽은 아내의 혼백이 도와준 것일까 ? 천지신명께서 보살펴 주신 덕분인지 어린 청이가 건강하게 잘 자라 주었다. 심봉사는 무탈하게 자라는 심청이가 그저 고마울 따름이었다.

마을의 이집 저집 다니면서 젖동냥 할 때가 엇 그제 같은데 훌쩍 자라서 열다섯 살이 될 쯤에는 아버지의 심부름도 잘하고 간단한 집안살림도 거들어주었다. 아버지가 앞을 보지 못하기 때문에 자신이 더 부지런히 아버지를 봉양해야겠다고 마음먹었다.

그러던 어느 날 어린 청이가 심봉사에게 말하기를

"아버지가 저를 지금까지 이렇게 잘 자라게 해주셨는데 지금부터는 제가 마을에 내려가 밥을 얻어다가 아버지께 드리겠습니다.

그 말을 듣고 심봉사가 깜짝 놀라며 어린것이 고생해서 얻어오는 밥을 내가 어찌 방에 앉아서 받아먹을 수 있다는 말이냐 ?

그건 안 되는 말이다. 생각하지도 말거라."

심봉사가 단호하게 말하자

"아버지 !

어머니가 일찍 돌아가시고 아버지 혼자서 저를 지금까지 이렇게 잘 키워주셨는데 혹여 아버지께서 마을에서 오시다가 넘어져서 다치시기라도 하시면 제가 어떻게 하겠어요. 아버지가 방에 계시고 제가 마을 사람들이 주시는 밥과 반찬을 바가지에 잘 받아서 가져올께요. 걱정마세요." 라고 하면서 어린 청이는 집을 나섰다.

동짓날이라 바람이 얼마나 세게 부는지 손과 발이 꽁꽁 얼어 새빨개져서 마을에 도착 하면 동네 어른들이 심청이를 보고

"청이가 왔구나!

어린 청이가 기특하기도 해라."

하시면서 나물도 주시고 두부도 반 모 주시고 젓갈도 한 종지 주시고 밥도 한 그릇 나누어 주셨는데 어느 날은 가끔씩 조기 생선도 주셨다. 마을에 잔치가 있는 날에는 떡과 과일도 나누어 주셨다. 마을에서 받아온 밥과 반찬을 밥상에 차려서 아버지께 드리면 심봉사는 얼음처럼 차가워진 심청이의 손을 녹여 주기 위해 손을 꼭 잡고 자신의 입 가까이에 대고 여러 번 호~ 호~ 불어주고 심청이의 손에 온기가 돌면 그때서야 밥숟가락을 들었다.

심봉사는 어린것이 이 추운 겨울에 고생을 해서 동냥을 해왔다고 생각하니 마음이 먹먹하여 음식을 제대로 먹을 수가 없었다. 이런 아버지를 보고 심청이가 말하기를 "아버님께서 맛있게 드시고 건강하게 오래 오래 사셔야죠. 건강이 나빠지시면 제가 누구를 의지하면서 살겠어요? 그러니 제 걱정은 마시고 천천히 많이 드세요."라고 말하고 나서 아버지가 밥숟가락을 한술 뜨면 그 위에 나물도 올려 드리고 두부도 올려 드리고 조기를 얻어 온 날에는 가시를 모두 발라내고 살점만 떼어서 밥숟가락 위에 올려 드리며 아버지가 편하게 드실 수 있게 해드렸다. 심청이는 아버지가 식사하는 모습을 지켜보고 난 후에 밥을 먹으려고 기다리고 있으면 심봉사는 "어서 함께 먹자꾸나! 그

래야 내가 편히 먹을 수 있을 것 같구나 !" 하면서 식사하는 것을 멈췄다. 그러면 심청이는 아버지 마음이 불편해 지실까봐 함께 먹기 시작했다. 심봉사는 심청이에게 많이 먹으라고 하고 심청이는 심봉사에게 많이 드시라고 했다. 심봉사의 건강은 어린 심청이의 효심으로 그나마 지킬 수 있었다.

두 사람이 서로 의지하면서 한해 두해 살다 보니 심청이 나이 어느덧 열다섯 살이 되어 어엿한 처녀티가 났다. 얼굴은 달덩이 같이 곱고 온화하며 말은 조용히 가려서 하고 부지런하여 집안 살림도 잘하고 게다가 바느질 솜씨가 뛰어나 건너 마을 양반집에서 나오는 일감까지 모두 걷어다가 깔끔하게 일을 잘해주니 마을에 칭송이 자자하여 소문이 이웃마을까지 퍼졌다. 심청이는 이제 여기저기서 주는 일감으로 아버지를 충분히 봉양할 수 있어 매우 기뻤다.

그리던 어느 날 건너 마을에 사는 장승상 댁에서 몸종 한명이 심청이에게 찾아와서 말하기를 장승상댁 마님께서 심청이를 한번 만나보고 싶다고 하여 몸종의 뒤를 따라서 장승상 댁으로 가게 되었는데 고래등 같은 기와집에 대문부터 안채까지 얼마나 넓은지 중간 문을 몇개나 거쳐 안채로 들어서게 되었다. 장승상댁 마님이 청이를 보며 반갑게 맞이해 주었다.

"네가 바로 도화동에 사는 청이로구나 !

소문대로 과연 예쁘고 참하게 생겼구나 !"

장승상댁 마님이 청이에게 방안으로 들어오라고 하면서 몸종에게 이르기를 청이가 좋아할만한 과일과 음식을 차려 오라고 하니 얼른 부엌에서 여러가지 음식을 한 상 가득 챙겨 방으로 들여왔다. 상위에 놓인 맛있는 음식을 놓고 먹으라고 권유하는 마님의 따뜻하고 온화한 모습을 보니 돌아가신 엄마 생각이 더 많이 났다.

다과상 위에는 청이가 생전 처음 본 귤도 올라와 있었고 식혜도 있었고 사과, 배, 무지개 떡, 백설기 떡·수수경단, 절편과 다식도 있었다. 온갖 맛있는 음식을 혼자 먹으려니 집에 혼자 계시는 아버지가 생각이 나서 천천히 먹고 있었다.

장승상댁 마님이 심청이의 마음을 알아차렸는지 몸종에게 이르기를 청이가 집에 돌아갈 때 부엌에 있는 음식을 따로 담아서 꼭 챙겨 보내라고 하셨다.

청이는 마님께서 아버지까지 챙겨 주시는 것을 보고 고마워서 어쩔 줄 몰라 했다.

" 너의 효성이 지극하다는 것은 내가 이미 들어서 알고 있다.

그러니 음식을 보면 당연히 아버지께 갖다 드리고 싶겠지.

나도 너같이 예쁘고 착한 딸이 한 명 있으면 좋겠다.

내가 슬하에 자식이 한 명도 없어 나이가 들어 매일 매일 적적하니

청이 네가 원한다면 나의 수양딸이 되어 줄 수 있겠니 ?"

청이가 마님 말을 듣고 나서 정중하고 바른 자세로 고쳐 앉으며

"마님께서 부족한 저를 어여삐 봐주셔서 수양딸로 삼아 주신다고 하니 하해와 같은 은혜에 몸 둘 바를 모르겠사오나 제가 어려서 어머

님을 일찍 여의고 아버님과 제가 둘이서 살았는데 제가 귀댁에 수양 딸로 오면 아버지를 봉양해 드릴 수 없으니 말씀을 거두어 주십시요" 라고 했다.

"너의 효심이 그러하니 내가 어찌할 도리가 없구나 !"

하시면서 안타까워 하셨다.

심청이도 장승상댁 마님의 따뜻한 마음에 몹시 미안한 생각이 들었다. 장승상댁 마님과 청이는 그동안 살아온 이야기며 마을에서 있었던 일이며 도란도란 이야기를 한참동안 나누었다. 두 사람은 시간 가는 줄도 모르고 재미있게 대화가 무르익다 보니 훌쩍 시간이 흘러 해가 서쪽으로 뉘엿뉘엿 넘어가고 있었다. 시간이 너무 많이 지난 것을 알게 된 심청이가 서둘러 일어나자

장승상댁 마님은 청이에게

"가끔씩 놀러오너라. 한 번씩 청이 얼굴을 보고 싶구나 !" 라고 하시면서 몸종에게 시켜 미리 싸놓은 음식과 곡식을 청이네 집에 가져다주고 오라고 하셨다.

한편 도화동에 심봉사 집에서는 청이가 오랫동안 오지 않아 걱정을 하고 있는데 멀리서 저녁 시간을 알리는 송주사의 종소리가 들려 온다. 심봉사는 불안한 마음에 사립문을 열고 장승상댁이 있는 마을 쪽으로 지팡이를 짚고 걷기 시작했다. 앞이 보이질 않으니 조심조심 걸을 수밖에 없어 답답하긴 했지만 혹여 심청이에게 무슨 일이라도 생길까봐 급한 마음에 걸음을 재촉 했더니 그만 미끄러져 넘어지며

발을 헛딛고 개울가에 풍덩 빠지게 되었다.

"사람 살려 ! 사람 살려 !

누구 없소 ! 누구 없소 !

사람 좀 살려 주시오 !"

심봉사가 몇 번을 소리내어 외쳤더니 조금 떨어진 곳에서 황급히 부르는 소리가 들렸다.

"뉘시오 ! 뉘시오 !

어디에 계시오 ?"

점점 가까이 사람 목소리와 발자국 소리가 다가오는 것을 알고 반가워서

"여기 개울가에 사람이 빠졌소이다. 앞이 보이지 않는 장님이오니 개울가에서 구해 주시오 !"

때마침 스님 한 분이 그곳을 지나 가다가 심봉사의 목소리를 듣게 된 것이다.

스님은 급한 마음에 지니고 있던 바랑 과 목탁을 내던지고 심봉사를 구하기 위해 개울가에 뛰어들어 온 힘을 다해 가까스로 심봉사를 물속에서 끌어냈다.

심봉사는 물속에서 허우적거려서 힘이 모두 빠져 기진맥진해 누워있고 스님은 심봉사를 구하느라 힘이 들어 개울가 둑에 나란히 누워있었다. 그러다가 스님이 먼저 일어나서 심봉사를 부축하여 등에 업고 집에 모셔다 드렸다.

스님이 심봉사의 집 마루바닥에 모셔다 드리고 막 일어서려고 하는데 심봉사가 스님의 팔뚝을 붙잡으며 "목숨까지 구해주신 분인데 어디에 사시는 뉘신지요 ? 이 은혜를 어떻게 갚아야 할지 몸둘바를 모르겠소." 그러자 스님은 송주사에 거처하고 있는 시주승이라고 하며

"오늘은 아랫마을에 시주하러 갔다가 송주사로 돌아가는 길에 어르신 목소리를 듣고 달려오게 되었습니다. 그런데 어르신께서는 해질녘에 앞도 제대로 보실 수 없는 불편한 몸으로 어디를 가시는 중 이셨는지요 ?" 라고 스님이 묻자

"우리 딸이 늦게까지 돌아오지 않아 찾으려 나섰다가 이렇게 봉변을 당하게 되었소이다. 지금까지 어렵게 살아왔지만 오늘같이 죽다 살아난 적은 처음이요. 이렇게 살아서 무엇하겠소 ?" 라고 하면서 자신의 처지가 한없이 처량하기 그지없다면서 눈물을 훌쩍거린다.

심봉사의 처지를 불쌍히 여긴 스님은 낮은 목소리로 눈을 뜰 수 있는 방법이 있습니다만 그것이 매우 어려운 일이라 거의 불가능한 일이지요. 그 말을 들은 심봉사 귀가 번쩍 트이더니 자신이 잘못 들은 듯 자신의 귀를 의심하면서

"스님 !

방금 뭐라고 하셨소 ? 눈을 뜰 수 있는 방법이 있다고 하셨소 ?"

혹여 제가 잘못 들은 건 아니냐고 되묻자.

"아니요, 제대로 들으신 겁니다.

제가 거처하고 있는 송주사에 불상이 하나 있는데 영험함이 있어

그 불상에 공양미 삼백석을 시주하고 불공을 드리면 눈을 뜰 수 있다고 합니다."

그 말을 들은 심봉사는 스님의 손을 꼭 붙들며

"스님!

눈을 뜰 수만 있다면 제가 못할게 뭐가 있겠습니까? 제 이름을 공양미 삼백석을 올릴 시주 명단에 꼭 적어 주시요. 시주를 올리고 나서 하루도 빠짐없이 송주사에 올라가 불상 앞에서 지극 정성으로 불공을 드리겠다."고 하며 스님과 단단히 약속을 했다.

스님은 송주사로 떠나고 홀로 남아 마루에 앉아 있으려니 계속 어지러워 더 이상 앉아 있을 수 없어 천근처럼 무거운 몸을 겨우 일으켜 방으로 들어오자마자 덜썩 누워 버렸다. 누워서 곰곰이 생각해보니 자신이 스님께 헛된 약속을 한 것 같아 방에 가만히 있지 못하고 안절부절 하며 연거푸 한숨을 내쉬고 있었다.

"땡전 한 푼 없는 사람이 어찌하여 그렇게 큰돈을 시주 하겠다고 약속을 해 놓았다는 말인가? 게다가 걸음도 제대로 못 걷는 사람이 송주사로 올라가 불공을 드리겠다고 했으니 세상에 이보다 더 큰 실수가 어디 있다는 말인가? 내가 살면 얼마나 더 산다고 이대로 살다가 죽으면 그만인 것을 내 욕심 때문에 내 명을 재촉하는구나! 아이고, 아이고! 내가 미쳐도 단단히 미쳤구나!" 라고 하면서 방바닥을 계속해서 손으로 내리쳤다.

심청이가 장승상댁 몸종과 함께 집에 도착하여 음식과 곡식을 마루에 내려놓고 몸종은 돌아가고 심청이가 아버지를 뵈려고 방문을 여는 순간 소스라치게 놀랐다. 방바닥을 내리치는 소리도 놀라웠지만 아버지 얼굴과 머리에 진흙이 잔뜩 묻어 있고 젖은 저고리와 바지 적삼을 보고 더욱 놀라 심청이의 눈이 휘둥그레졌다.

"아버지!

대체 무슨 일 이세요?

어디 아프신 곳은 없으신가요?

얼른 말씀해 보세요.

누가 아버지를 이렇게 만드셨어요?"

계속해서 궁금해 하는 심청이에게 더 이상 숨길 수가 없어 물에 빠진 일이며 공양미 삼백석을 시주하겠다고 약속한 일까지 모두 청이에게 털어놓는다.

"청이야!

이를 어쩌면 좋으냐?

내가 앞을 볼 수 없어 물에 빠져 죽었다 살아나다 보니 잠깐 정신이 나가 실성 했던 것 같구나!

애비가 앞을 못보고 가난하여 지금까지 너를 고생시킨 것도 너무 마음이 아픈데 이제는 그렇게 큰돈을 시주하겠다고 약속은 했으니 애비로써 차마 너를 볼 면목이 없구나!

이 애비가 살면 얼마나 더 살려고 너에게 마음고생을 시키는지 내가 원망스럽고 부끄러워 고개를 들 수가 없구나!"

하시면서 눈물을 흘리셨다.

심봉사의 말을 모두 듣고 심청이가 말하기를

"아버지 !

너무 걱정 하지 마세요.

지성이면 감천이라는 말이 있잖아요." 라고 말씀 드리고 나서 장승상댁에서 받은 맛있는 음식을 차려 드렸더니 심봉사 놀라며 장승상댁에서 무슨 연유로 너에게 이렇게 맛있는 음식을 많이 주었단 말이냐 ? 라고 묻자 심청이가 낮에 장승상댁 마님과 나눈 대화를 소상하게 말씀드렸더니 심봉사 아무 말도 못하고 그저 심청이에게 미안하다는 말만 연거푸 하고 만다.

그날 밤 심봉사는 자신의 신세가 너무 처량하고 한탄스러워 잠을 이룰 수 없었고 심청이는 오늘따라 돌아가신 엄마가 더 많이 생각나고 보고 싶어 눈시울이 뜨거워져 잠이 오지 않다가 겨우 새벽녘에 잠시 눈을 붙이고 날이 밝아오자 일찍 일어나 부엌에 가서 물동이 머리에 이고 우물가에 가서 맑은 물을 길어다가 부엌 한 켠에 놓고 방금 길어온 물을 한 사발 떠서 소반에 올려놓고 오동나무 옆에 있는 장독대 앞에 소반을 갖다 놓고 공을 드렸다.

"비나이다, 비나이다 !

천지신명께 비나이다 !

저희 아버지가 앞을 보지 못하고 비록 어렵게 살아 왔지만 세상에서 어떤 아버지보다 저를 아껴주시고 사랑해 주신 분이십니다. 그런 아버지께서 앞을 보고 싶어 절에 공양미 삼백석을 시주하시겠다고 약속을 해 놓으시고 근심 하시며 괴로워 하시고 계시니 해결 방도가 있으면 무슨 일이든 모두 하겠으니 부디 가르쳐 주십시요.

제 목숨을 바쳐서라도 아버지의 눈을 뜰 수만 있다면 그렇게라도 하겠습니다."

심청이가 석달동안 하루도 빠지지 않고 매일 아침 일찍 일어나 지극정성으로 공을 드린 다음날이었다. 도화동에 어떤 낯선 얼굴의 장정들 여섯 명이 돌아다니면서 열 댓 살쯤 되는 처녀아이를 삼백냥을 주고 사겠다고 찾고 다닌다는 것이었다.

그들은 뱃사람들로 우리나라와 중국을 오가며 장사를 하는 상인들인데 우리나라 물건을 배에 싣고 바닷길을 건너게 되는데 황해도 서쪽에 위치한 인당수라는 곳에 물길이 아주 사나워 그곳을 지날 때면 가끔씩 배가 뒤집혀 상인들도 모두 죽고 중국으로 팔러 갈 물건도 모두 바다로 빠져 뱃사람들이 곤혹을 치르고 있어 해결 방법을 찾고 있던 중에 열다섯 살쯤 되는 처녀를 구해 바다에 용왕님께 바치면 물살이 덜 사납게 된다고 하기에 찾으러 다닌다는 것이었다.

그 말을 들은 심청이는 반가운 마음에 한걸음에 뱃사람들에게로 달려가 그들이 가는 길을 막으며

"저는 이 동네 사는 처자인데 저희 아버지께서 앞을 보지 못하는 소경으로 지금까지 저를 아껴주시고 정성으로 키워 주셨는데 이제 제가 아버지께 은혜를 갚아 드리고 싶어요.

다름이 아니오라 송주사라는 절에 공양미 삼백석을 시주하고 불공을 드리면 저희 아버님께서 눈을 뜨시고 앞을 볼 수 있다고 하니 저를 삼백석에 사서 인당수의 제물로 써주시고 부디 저희 아버지의 눈을 뜨게 해 주십시요."

그 말을 들은 뱃사람들은 참으로 마음씨 고운 효녀로구나!

감탄하면서 내일 당장 송주사에 기별을 넣어 공양미 삼백석을 시주하겠다고 약조를 하고 보름 후에 처자를 데리러 오겠다고 말하고 마을을 떠났다.

심청이는 공양미 삼백석을 구할 수 있어 기뻤지만 내가 인당수로 떠나게 되면 홀로 계실 아버지를 생각하니 갑자기 눈물이 났다. 집으로 돌아온 심청이는 차마 아버지께 사실대로 말씀을 드리지 못하고 하루하루 지내다가 벌써 인당수로 떠날 날이 내일로 성큼 다가왔다.

심청이는 새벽닭이 울자마자 일찍 일어나 아버지가 앞으로 몇 달 동안 입을 옷을 차곡차곡 챙겨놓고 오랫동안 놓고 드실 여러가지 반찬을 만들어 놓으려고 곳간을 여러 번 드나들었다.

곳간에는 봄에 산에서 뜯어다 햇볕에 말려 놓은 고사리와 다래나 무순과 산취나물이랑 무우를 채 썰어 말려 놓은 무우말랭이가 있었다. 종류별로 조금씩 골고루 덜어다 큰 가마솥에 물을 붓고 아궁이에 장작불을 지펴 물이 끓으면 마른 나물을 넣고 삶아 큰 광주리에 건져 놓았다.

그리고 나서 장독대로 가서 큰 항아리의 뚜껑을 열더니 작년에 간장에 삭혀 놓은 손바닥만한 크기의 연한 갈색 빛이 도는 무우짱아치를 함지박에 가득 꺼내 부엌으로 들고 들어가 도마 위에 올려놓고 네모난 모양으로 얇게 썰어 갖은 양념을 넣고 골고루 버무렸다.

우리 아버지가 가장 좋아하시는 무우짱아치 반찬이라 더 많이 만들어 놓아야 두고두고 드실 텐데. 라고 하며 양을 넉넉히 만들어 놓고 부엌 한 켠에 있는 작은 항아리에 꼭꼭 눌러 가득 담아놓고 그 다음 옷가지며 버선이며 빠진 것이 없는지 살뜰히 챙겨 놓고 나서 옆 산에 있는 엄마 무덤에 마지막으로 인사를 드리러 갔다.

"엄마 !

제가 왔어요. 마지막으로 인사드리러 왔어요.

내일이면 인당수로 떠나게 될 텐데 앞을 못 보는 아버지를 두고 떠나려 하니 차마 발길이 떨어지지 않네요.

이제는 제가 엄마 산소에도 다시 올 수 없으니 큰절 받으세요."

심청이가 엄마 무덤에 큰절을 올리며 하염없이 눈물을 흘렸다.

어느덧 서쪽 하늘이 붉게 물들고 서산에 걸쳐있던 해가 서서히 넘어가고 있었다.

"이 몸은 내일이면 저 태양도 다시는 못보겠지 !

서산에 지는 해가 너무도 야속하구나 !

오호 !

오늘 따라 붉은 노을이 왜 그리 곱단 말이냐 ?

저렇게 곱디고운 노을을 왜 지금까지 모르고 살았을까 ?"

넋을 잃고 황홀했던 석양을 바라보다가 문득 집에서 나를 기다리고 계실 아버지 생각이 나서 발길을 재촉하여 집으로 왔다.

심봉사는 심청이가 어머니 산소에 다녀온 것을 알고 애미가 그리워서 산소에 다녀왔냐고 묻는다. 그 말에 심청이 낮은 목소리로

네~.

라고 힘없이 대답하고 저녁 밥상을 차려 아버지께 올려드린다.

심청이는 아버지가 진지 드시는 것을 보고 울컥하는 마음이 들어 그만 울음을 터트렸다. 심청이가 울자 심봉사 깜짝 놀라며

"청이야!

무슨 일이라도 있느냐?" 라고 묻는다.

그러자 심청이는 아무 말 없이 고개만 떨구고 있었다.

심봉사가 말하기를 "오늘따라 네가 나의 옷가지며 반찬이며 많이 해놓은 것을 보면서 마치 멀리 떠날 사람처럼 부지런히 일을 하길레 이상하다고 생각이 들었다.

애비가 어젯밤에 꿈을 꿨는데 우리 집에 오색 수술이 달린 가마를 장정들 네 명이 들고 와서 청이 너에게 가마를 타라고 해서 가마에 올라탔는데 계속해서 울고만 있어서 애비가 가마에서 어서 내리라고 큰소리로 외쳤는데 내 목소리를 듣지 못하고 순식간에 가마가 사라지는 것을 보고 깜짝 놀라 잠에서 깨었는데 청이 니가 옆에서 자고 있는 것을 알고 꿈도 참 희한하다." 라고 생각했다.

그 꿈 이야기를 들은 심청이는 만일 내일 아침 뱃사람들이 오면 아

버지께서 더욱 놀라실 것 같아 안심시키기 위해

"아버지 !

내일 건너 마을 장승상댁 마님께서 잠깐 다녀가라고 전갈이 왔었어요."

그 말을 들은 심봉사가 청이에게 당부를 한다.

"청이야 !

아마도 너를 장승상댁에서 수양딸로 삼으시려고 그러시나 보구나 !

만일 장승상댁 마님께서 너를 수양딸로 삼으신다고 하면 애비 걱정은 말고 수양딸이 되거라.

그곳에 가서 호의호식하면서 이쁨도 많이 받고 비단옷도 입고 좋은 혼처자리 해주시면 좋은 곳으로 시집도 가려무나.

이 애비는 니가 좋은 집에서 산다고 생각하니 행복하고 기쁘구나 !

내 걱정은 하지 말고 수양딸이 되어서 잘 살아야 한다.

애비 마음 알겠느냐 ?"

이 말을 들은 심청이는 북받쳐 오르는 슬픔을 겨우 참으며

네에~. 라고 작은 목소리로 힘없이 대답하고 나서

"오늘 많이 고단하실 텐데 얼른 주무서요." 라고 말하고 심청이가 벽 쪽을 보고 드러눕는다.

오늘밤이 아버지와 마지막 밤이라고 생각하니 계속해서 눈물이 나서 잠을 이룰 수 없어 뜬눈으로 밤을 세웠다. 멀리서 새벽을 알리는 닭 울음소리가 났다.

심청이 얼른 일어나 우물가에 가서 물동이에 물을 길어다 부엌에 가져다 놓고 이 반찬 저 반찬 풍성하게 만들어 얼른 밥상차려 방에 들어가 아버지 앞에 놓고 아버지가 드실 숟가락위에 반찬 올려드리며

"아버지 천천히 많이 드세요.

오늘은 아버지 좋아하시는 소고기 무우국도 끓였으니 많이 드셔요." 라고 말하자 "심봉사는 나만 먹으면 맛이 없으니 너도 함께 먹자꾸나." 라고 하자

"아버지. 저는 괜찮아요.

아버지 다 드신 후에 천천히 먹을께요."라고 말을 끝내자마자 문밖에서 인기척이 들리면서

"심낭자!

안에 계시오?

보름 전에 만났던 뱃사람들이올시다. 어서 떠날 채비를 해주시요." 굵은 목소리로 중년 남자의 목소리가 방안으로 들려왔다. 그 말을 들은 심봉사 깜짝 놀라며

"청이야!

이게 무슨 소리냐?

뱃사람들이 왜 너한테 떠날 채비를 하라는 거냐?

장승상댁 수양딸로 가는데 왜 뱃사람들이 우리집에 들이닥친 것이냐?" 라고 물으니 심청이 펑펑 울면서

"아버지!

밖에서 저를 부르신 분들이 저의 목숨을 삼백냥에 사서 저를 인당수라는 곳에 제물로 쓰고 공양미 삼백석을 송주사에 시주해서 아버지의 눈을 뜨게 해 주시기로 약속을 하셨어요. 오늘이 바로 그 날이에요."

청이 말을 들은 심봉사 버선발로 문밖으로 나와 뱃사람들에게 호통을 친다.

"천하에 나쁜놈들!

어린것을 꼬여 삼백냥을 주고 바다에 재물로 쓰겠다고?

못된 것들!

당장 우리집에서 썩 나가지 못할까! 나는 그 돈 삼백냥 필요없다.

눈을 안 떠도 좋으니 우리 딸 놔두고 어서 내 집에서 나가거라.

내 눈은 뜨고 우리 심청이가 죽으면 무슨 소용이 있느냐?"

심봉사가 격노하며 말하자

"심청이가 아버지 바지자락을 붙잡으며 아버지 이 분들은 아무 잘못이 없어요.

제가 이 분들에게 찾아가서 저를 삼백냥을 주고 사서 인당수에 제물로 써 달라고 사정해서 이 분들이 저를 사 주신거에요.

제 잘못이니 저를 용서해주세요." 라고 했다.

심청이가 울면서 아버지께 하는 말을 듣고 뱃사람들도 함께 울고 어느새 마을 사람들도 슬픈 소식을 듣고 몰려와 담 너머에서 모두들 울고 있었다. 심봉사 땅바닥에 털썩 주저앉으며 세상일을 모두 체념

한듯

"청이 니가 가고 나면 나 혼자 어찌 살란 말이냐?"

"나 혼자 사느니 차라리 죽는 편이 낫다." 라고 하면서 땅을 치고 통곡하면서 운다. 뱃사람들이 이 광경을 보고 더 이상 보고 있을 수 없어 심청이에게 빨리 떠날 것을 재촉한다. 심청이 울면서 뱃사람들을 따라 나서는데 심봉사 바닥에서 벌떡 일어나 "나도 인당수에 같이 가서 너와 함께 죽자꾸나." 라고 하면서 따라 나서니 뱃사람들이 큰일 났다고 생각이 들어 서둘러 집밖으로 나왔다.

뒤따라 나온 심청이가 아버지께 마지막으로 대문 밖 멀리 떨어진 곳에서

"아버지!

부디 멀리 떠나는 소녀를 용서해주세요." 라고 하면서 큰 절을 올리고 하직 인사를 드렸다. 뱃사람들과 심청이는 마을을 멀리 떠나 배를 탈 수 있는 부둣가로 향했다. 집을 나선지 사흘째 되던 날 부둣가에 도착하여 배를 탔는데 생전 처음 배를 타본지라 어지럽고 계속 토가 나오니 심청이 힘이 없어 계속 누워있었다.

그렇게 몇 날 며칠이 지났을까?

바다에 큰 파도가 일어 배가 심하게 흔들리기 시작했다. 그 중에 한사람이 말하기를 "바로 저기 보이는 곳이 인당수 같소이다. 물길이 한바퀴 돌아서 꺾어지는 것을 보면 분명 인당수가 맞는 것 같소." 라고 말하자 다른 뱃사람들도 맞짱구를 쳤다.

그 말을 들은 심청이는 마음이 철렁했다. 그리고 인당수에 빠진다고 생각하니 무섭기도 하고 자신의 신세가 처량하고 서글픈 생각도 들었지만 한편으로는 내 죽음이 헛된 것이 아니고 아버지의 눈을 뜨게 해드리는 것이다. 라고 생각하니 자신도 모르는 사이에 마음 한켠에 용기가 생겼다. 잠깐 마음을 추수리고 몸을 반쯤 일으키려고 하고 있는데

"심낭자!

몸은 조금 어떠시오?

일어나서 걸을 수는 있겠소?" 라고 묻자.

"방금 인당수에 가까이 왔다는 말씀을 듣고 몸을 일으키고 있었어요." 라고 대답했다.

"심낭자!

우리들이 바다에 용왕님께 제사를 올릴 제사상을 준비하고 있을 테니 심낭자는 목욕을 하고 난 후에 우리들이 준비해온 새하얀 치마저고리를 갈아입고 있으시오. 조금 후에 다시 찾아오리다." 라고 하면서 치마저고리를 건내고 사라졌다.

심청이 겨우 몸을 일으켜 목욕을 하고 새 옷으로 곱게 차려 입고 앉아 있자 제사상 준비가 다 되었다고 불러서 가보니 큰 상위에 삶은 돼지 머리가 올라와 있고 사과와 배 대추 밤 여러가지 과일들과 북어와 조기가 올라와 있었다. 제사상 앞쪽 중앙자리에 술잔을 놓고 술이 넘실넘실 거릴 만큼 따라 놓고 뱃사람들이 연거푸 절을 네 번을 하면

서 주문을 외운다. 심청이도 함께 절을 네 번을 했다.

"비나이다, 비나이다!

바다에 용왕님께 비나이다!

우리들이 인당수를 지날 때 마다 물살이 뒤집혀서 뱃사람들이 많이 죽어 저희들이 도저히 이곳 인당수를 지나 갈 수 없으니 부디 우리들의 소원을 들어 주십시오.

오늘은 얼굴도 예쁘고 마음씨도 고운 효녀 심청 낭자를 제물로 바치오니 우리의 정성을 받아 주시어 다시는 이곳에서 배가 뒤집히지 않게 해주십시오." 라고 하면서 간절히 빌고 또 빌었다.

제사를 마친 후에 심청이에게 말하기를 "심낭자께서도 뱃머리 가장 높은 곳에 올라가 용왕님께 우리 뱃사공들이 무사해주기를 한번만 주문을 외워 주시요." 심청이가 알겠다고 대답하고 나서 마지막으로 소원이 하나 있다고 했더니 뱃사람 중에 우두머리인 사람이 무슨 소원이냐고 말해보라고 했다.

"저희 아버님께서 저를 떠나보내고 제대로 사실지 걱정이 되어 제가 죽어서도 잊지 못할 것 같습니다. 배를 타고 이곳을 지날 때마다 불쌍한 저희 부녀를 생각하시어 아버님 안부라도 전해 주시면 여한이 없겠습니다."라고 했더니 뱃사람들 모두 고개를 끄덕이며 잘 알겠다고 했다. 심청이가 뱃사람에게 고맙다고 절하고 나서 발길을 천천히 뱃머리 쪽으로 옮기더니 두 손을 꼭 모아 잠시 주문을 외우고 난 후에 치마를 뒤집어쓰고 물속으로 몸을 던지는 것이었다.

하얀 꽃송이가 바다에 떨어지듯 물위에 떠 있더니 이내 가라앉고 말았다. 심청이가 바다에 뛰어들고 나니 신기하게도 물살이 잠잠해졌다. 이 광경을 본 뱃사람들이 하나같이 놀란 목소리로 감탄하면서

"어 어 !

바다에 용왕님께서도 심청 낭자의 효심에 감동된 것 같소이다.

그렇지 않고서야 방금까지도 물살이 거세 배가 심하게 흔들렸는데 곧 바로 잠잠해질 수 있다는 말이요." 라고 하면서 심청이가 뛰어든 인당수 쪽을 향해 정성스럽게 큰 절을 네 번 올리고 나서 뱃머리를 다시 육지 쪽으로 돌렸다.

제사를 지내고 돌아오는 배 안에는 무거운 침묵이 흘렀다. 어린 심청이가 아버지를 위해 그 사나운 물길 속에 몸을 던졌다고 생각하니 같이 자식 키우는 애비 입장에서 차마 할 짓이 아니었다고 생각하며 모두 눈시울을 적셨다.

한 편 심봉사 집에서는 심청이를 떠나보내고 밤낮으로 실성한 사람처럼 하루 종일 심청이만 부르며 찾고 다녔다.

"청아 ! 청아 !

어디 있느냐 ? 건너 마을 일하러 갔느냐 ?

이 애비가 너를 애타게 기다리고 있으니 해가 서산을 넘어가기 전에 늦지 않게 어서 집에 오너라." 하면서 심청이가 살아 있는 것으로 착각했다. 마을 사람들을 만나면

"우리 심청이 못보셨나요?

우리 애기가 밥을 안 먹어서 배가 고플텐데." 라고 하면서 이사람 저사람 붙잡고 헛소리를 하고 다녔다.

어느 때는 제정신이 돌아왔는지 땅을 치고 통곡을 하면서 심청이가 나 때문에 죽으러 갔다고 하면서 심청이가 간 곳이 어디냐고 물으며 엉엉 우는 것이었다.

마을 사람들로부터 심봉사의 소식을 들은 장승상댁 마님이 너무 안타까운 마음이 들어 심봉사 집에 쌀 스무섬과 땔깜 나무를 몸종에게 시켜 보내 주도록 했다. 그리고 몸이 허약해져서 자꾸 헛소리를 하는 것 같다며 한약방에 들러 보약도 열첩 지어다 주라고 했다.

마을 사람들도 심봉사 처지가 너무 안됐다고 생각이 들어 한 번씩 찾아가서 밥도 지어주고 빨래도 해주면서 위로를 해주었다. 마을 사람들이 보살펴 주고 장승상댁에서 챙겨준 덕분인지 조금씩 건강이 호전되었다.

심봉사는 기력이 어느정도 회복되어 동구 밖에 한 번씩 나와 바람도 쐬고 집 옆에 있는 텃밭에 나가 땅도 조금씩 일구면서 하루하루 보냈다. 그러던 어느 날 마을 사람들이 심봉사에게 찾아와 송주사 절을 한번 찾아 가자고 했다.

"어르신!

어린 심청이가 어르신의 눈을 뜨게 해드린다고 공양미 삼백석을 송주사에 시주를 했으니 심청이의 효심을 생각해서라도 송주사에 한

번 올라가 보시면 어떠 하실런지요 ?" 라고 심봉사에게 묻자.

"내가 어린 딸자식의 목숨 값으로 받은 삼백냥을 부처님께 시주하고 불공을 드리고 눈을 뜬다고 해도 하늘이 부끄러워 도저히 얼굴을 들고 다닐 수가 없을 것 같소." 라고 했다.

마을 사람들이 심봉사의 말을 듣고 다시 심봉사를 설득했다. 심청이의 갸륵한 효심을 생각해서라도 저희들과 함께 송주사에 올라가서 스님이 말씀하시던 영험하다는 불상도 보고 주지 스님도 만나보자고 하면서 겨우 심봉사를 설득하여 마을사람들과 심봉사는 송주사로 향했다. 심봉사가 잘 걷지 못하기 때문에 마을 사람들이 수레를 준비하여 심봉사를 수레에 태웠다.

마을 사람들 여러명이 수레를 번갈아가며 앞에서 끌고 뒤에서 밀고 도와가며 산에 오르다보니 산중턱까지 도착하여 송주사가 가까이 보였다. 송주사는 높은 산 중턱에 위치하고 있어 수레가 오르기에는 매우 험난한 비탈길이었다. 그래도 마을에 장점들이 서너명 함께 갔기 때문에 큰 어려움 없이 무사히 송주사에 도착할 수 있었다. 마을 사람들이 심봉사를 수레에서 내려 드리고 두 사람이 심봉사의 양쪽 팔을 부추기고 절 입구로 모시고 들어갔다. 절 입구를 지나 마당으로 들어서면서

"스님 !

스님 계세요 !" 라고 하면서 인기척을 내도 아무도 나오지 않았다. 마을 사람들은 조금 더 큰 목소리로

"스님, 스님 !

절에 아무도 안계십니까 ?" 라고 하며 목소리를 높혔다. 이번에도 한 사람도 나오는 사람이 없었다. 그러자 마을 사람 중에 한 사람이 "혹시 대웅전에 스님들이 모여 예불을 드리고 있을지 모르니 모두들 대웅전으로 갑시다." 라고 했다.

심봉사와 마을 사람들도 그것이 좋겠다고 하면서 모두 대웅전으로 발길을 옮겼다. 앞마당 뜰을 지나니 나즈막한 담이 보이고 나무 대문이 하나 보이는데 대문이 반쯤 열려있어 들어갔더니 뒷마당이 있고 바로 대웅전이라 써 있는 현판이 보였다. 마을 사람들 모두 뒷마당을 가로질러 돌계단을 다섯 개 올라서서 대웅전 마루 앞에 모두들 서서 또 다시 스님들이 계시는지 확인하기 위해

"스님 , 스님 !

스님 계시오 ?" 라고 불러도 아무도 나오지 않았다. 몇 번 불러도 아무도 나오지 않자 마을 사람들과 심봉사는 신발을 벗고 대웅전 안으로 들어가기 위해 문을 열었다. 대웅전 문을 양쪽으로 여는 순간 마을 사람들이 모두 놀라 눈이 휘둥그레졌다. 대웅전 안이 텅텅 비어 있었다. 불상을 모셔 놓은 듯한 자리도 비어 있었고 목탁 한 개도 보이지 않았다. 마을 사람들이 심봉사에게 대웅전 안의 광경에 대해 설명해 주면서 불상은 물론이거니와 목탁도 하나 없는 빈 절이라고 했다.

심봉사 크게 실망하며 스님이 분명 송주사에 영험한 불상이 있다

고 했는데 어떻게 된 영문인지 전혀 알 길이 없어 가슴만 답답하고 게다가 뱃사람들이 송주사에 시주한 삼백석은 도대체 어디로 갔다는 말인가 ? 혹시 절에 도둑이 들어와 삼백석을 모두 도둑을 맞았는지 아니면 스님들이 다른 절로 불상을 들고 이전을 했는지 알 길이 없어 속만 타들어 가는 듯 했다. 송주사 이곳저곳을 모두 둘러보아도 아무것도 없다는 것을 알게 된 심봉사가 그 자리에 털썩 앉아 울기 시작했다.

"아이고, 아이고 !

불쌍한 우리 딸 심청이가 아버지의 눈을 뜨게 해준다고 목숨까지 바쳐 공양미 삼백석을 마련해서 이곳 송주사에 시주를 했건만 스님들은 모두 떠나고 불공을 드릴 부처님 불상도 모두 사라져 버렸으니 이 일을 어쩌 하면 좋다는 말이냐 ?

에고 , 에고 !

우리 심청이가 애비 잘못 만나 인당수에 제물로 간 것도 불쌍하기 그지없는데 송주사에 시주한 공양미 삼백석이 모두 사라졌으니 이렇게 속상하고 억울한 마음이 또 어디에 있을까 ?"

바닥에 앉은 채로 땅을 치며 통곡하더니 갑자기 옆으로 힘없이 쓰러지는 것이었다.

심봉사가 잠깐 정신을 잃는 것을 보고 마을 사람들이 깜짝 놀라 심봉사의 팔과 다리를 재빨리 주무르기 시작했다. 잠시 후 심봉사가 정신이 들었는지 여기가 어디라고 물어보았다. 마을 사람들이 송주사라고 말해주고 나서 심봉사가 더 이상 이곳에 머무르면 위험할 것 같아 서둘러 마을로 내려와 심봉사 집으로 모셔다 드리고 동네 아낙네들은 얼른 아궁이에 불을 지펴 방을 따듯하게 해주고 솥단지에 쌀과 물을 부어 푹 끓여 죽을 만들어 심봉사가 먹을 수 있게 해주었다.

심봉사가 송주사에서 겪은 일로 상처가 너무 컸는지 며칠동안 제대로 일어나지도 못하고 방바닥에서 몇 날 몇 일을 누워만 있었다. 심봉사가 많이 아프다는 소식을 장승상댁 마님이 알게 되어 여종에게 이르기를 한약방에 가서 탕약을 지어다가 직접 달여서 심봉사 어른이 드실 수 있게 해드리고 오라고 했다. 장승상댁 마님이 보내 준 탕약이 약 효과가 있었는지 사흘만에 조금씩 기력이 회복되더니 일주일째 되던 날은 마루에 앉아 있다가 지팡이를 짚고 몇 발자국 걸어나와 대문 밖에서 우두커니 서 있었다.

동네 사람들이 심봉사의 처지를 모두 알고 가끔씩 집에 음식을 가져다주었다. 심봉사는 이제 모든 일을 체념한 듯 그저 하루하루 힘없이 지내고 있었다. 마땅히 할 말도 없고 말 할 상대도 없다보니 차츰차츰 홀로 외롭게 지낼 수박에 없었다. 이 소문은 이웃 마을에 사는 뺑덕어미 귀에까지 들어가게 되었다.

뺑덕어미는 행실이 나쁘다고 소문이 널리 퍼져 있었는데 얼굴 생김새 자체가 심술이 가득해 보였다. 양쪽 볼이 두툼한데다가 축 처저 심술이 나서 입을 삐쭉 거릴 때면 더욱 표정이 우스꽝스러웠다. 게다가 쭉 찢어진 눈꼬리가 위아래로 오르락내리락 하는 것을 보고 있노라면 빵덕어미 본인은 심술이 나서 짓는 표정이겠지만 마을 사람들은 그 표정을 보면 웃음을 참을 수 없어 앞에서는 웃지 못하고 뒤에서는 배꼽을 잡고 웃을 지경이다. 그리고 욕심이 얼마나 많은지 이웃사람들에게 콩 한쪽 나누어 먹는 법이 없다. 이렇게 심술궂은 빵덕어미 귀에 심봉사가 외롭게 지내고 있다는 사실과 집의 곳간에는 쌀가마니가 꽤 많이 쌓여 있다는 소문이 들어갔다. 빵덕어미는 진짜 곡간에 쌀가마니가 쌓여 있는지 궁금하여 어느 날 심봉사를 찾아간다.

"심봉사 어르신 계시오?"

빵덕어미 행실이 나쁘다는 소문을 들어 이미 알고 있었던 심봉사는 처음에는 빵덕어미가 찾아와도 모른체하고 불러도 대답도 안했다. 심봉사가 상대를 안해주니 몇 칠 동안 찾아왔다가 헛걸음을 치고 집으로 돌아갔다. 심봉사에게 몇 번을 거절당하고 나서 이번에는 마음을 단단히 먹고 심봉사를 꼬시기 위해 기생들이 입는 어우동 한복을 어디서 구했는지 빨간 저고리에 쪽빛 치마를 입고 허리 중간쯤에 끈을 묶었다. 얼굴에는 분을 많이 발랐는지 분냄새가 풀풀 났다.

빵덕어미가 요란하게 차려 입은 것을 보고 동네 사람들이 힐끔 힐끔 쳐다봤다. 다른 사람의 시선은 아랑곳 하지 않고 엉덩이를 실룩실룩 거리며 걸은지 한참 후에 심봉사 집 앞에 도착했다. 빵덕어미가 집안에 심봉사가 있는지 확인하기 위해 싸릿문을 빼꼼히 열어 봤더니 마침 심봉사가 마루에 걸떠 앉아 있었다. 오늘따라 날씨가 더워서 그랬는지 소매가 짧은 모시 저고리와 고쟁이만 입고 마루에 앉아 부

채질을 하고 있었다. 빽덕어미는 일부러 심봉사 옆구리에 바짝 붙혀 앉으며

심봉사 양반 !

내가 남편이 일찍 죽고 스물 두 해 홀로 살다 보니 밥을 먹어도 먹은 것 같지 않고 잠을 자도 잔 것 같지 않아 외롭기 그지없소.

두 사람 모두 외로운 처지에 의지하며 함께 살면 어떠 하겠소옹~ 라며 코맹맹이 소리를 내는 것이었다.

이 말을 들은 심봉사는 갑자기 빽덕어미가 불쌍한 생각이 들었다. 몇 날 몇 칠 찾아와도 대꾸도 안해줘서 미안한 생각도 들어 빽덕어미에게 마음을 열고 받아주기로 마음먹었다.

첫째 날은 부엌에 들어가 달가락달가락 하면서 밥상을 차리는 소리가 났다. 한참동안 무엇을 차리나 기다렸다. 밥상을 받고나서 보면 밥 한 그릇 간장 한 종지가 상에 올라와 있었다. 그래도 밥상이라도 차려 줬다고 생각하니 고마운 마음에

"임자 !

나 혼자 먹기 미안하니 같이 먹읍시다." 라고 말하면 빽덕어미는 "저는 괜찮으니 영감이나 많이 드시구려" 라고 사양하는 것이었다. 심봉사는 식사 때마다 왜 혼자 먹으라고 하는지 영문을 잘 몰랐었다. 나중에 알고 보니 빽덕어미는 본인이 전에 살던 집에 왔다 갔다 하면서 그곳에서 미리 맛있는 음식을 만들어 먹고 심봉사는 매일매일 밥하고 간장만 주는 것이었다. 게다가 심봉사의 곳간에 가득 쌓여있던

쌀가마니도 몰래몰래 가져다가 뺑덕어미가 전에 살던 집에 옮겨다 놓고 그 쌀을 팔아 비단옷을 입고 다닌다는 소문까지 마을 전체에 퍼져 심봉사도 알게 되었다. 그렇다고 심봉사가 뺑덕어미에게 따지기도 난감했다. 눈으로 보지 않았는데 뺑덕어미에게 물어보면 분명 노발대발 할게 뻔하기 때문이다.

하루는 마을에 엿장수가 들어 왔는데 뺑덕어미가 헛간에서 무언가를 들고 나가 엿장수에게 건네고 엿으로 바꿔 우물우물 먹고 있는 것이었다. 심봉사가 텃밭을 갈 때 쓰는 호미며 괭이를 엿장수에게 준 것이다. 남의 집 귀한 세간살이를 허락도 안 받고 자기 마음대로 엿하고 바꿔먹고 또 심봉사 집에 방물장수가 여러가지 물건들을 머리에 잔뜩 이고 들어오면 심봉사의 안주인 행세를 하며 물건 값은 다음에 줄 테니 마루에 동백기름, 거울, 빗을 내려놓고 가라고 해서 외상값으로 달아놓고 다음번에 방물장수들이 심봉사 집에 올 때면 이 집 마루에 물건을 내려놨으니 심봉사에게 외상값을 달라고 떼를 쓰는 것이었다.

어느 날은 사립문 밖에서

"꿀 사시오, 꿀 사시오 ! 깊은 산중에서 가져온 토종꿀이요." 라고 하며 봇짐장수가 지나가려고 하자

뺑덕어미가 보짐장수에게 막 들어오라고 손짓한다.

무거운 봇짐을 심봉사집 마루에 내려놓으라고 하고 봇짐을 풀어 보라고 한다. 봇짐 안에는 크고 작은 꿀단지가 다섯 개 들어 있었다.

그 중에서 가장 큰 꿀단지를 골라 내려놓으라고 하고 손가락으로 찍어서 맛을 본 후에 그대로 놓고 꿀 값은 다음에 줄 테니 외상으로 달아 놓으라고 한다. 그렇게 외상으로 산 꿀을 심봉사 몰래 자기가 전에 살던 집에 가져다 놓고 혼자서 먹고 외상값은 심봉사 앞으로 달아 놓으니 심봉사도 모르는 외상값이 계속해서 쌓이게 되었다. 그뿐만이 아니었다. 마을 어귀에 있는 주막집에는 사흘이 멀다 하고 드나들며 술을 마시고 외상값은 심봉사에게 받으라고 해서 주막집 주모가 집에 다녀간 적이 한두 번이 아니었다.

심봉사는 뺑덕어미와 함께 살게 된 것을 크게 후회하며 뺑덕어미에게 다시는 집에 오지 말라고 했다. 그러나 뺑덕어미는 심봉사의 말을 들은 척 만척하며 곳간에 조금 남아 있는 쌀을 탐내고 있었다. 심봉사 마음이 모질지 못하여 뺑덕어미를 내치지 못하고 혼자서 자신의 미련함을 한탄한다.

"에고, 에고!

못나고 어리석은 사람이 곱디고운 딸 먼저 보내고 혼자 살았어야 했는데 못된 여편네 집에 들여 우리 청이가 어렵게 벌어 놓은 곡식 모두 탕진하고 다시 가난뱅이 신세가 되었으니 내가 죽어서 어떻게 우리 청이 볼 낯이 있을까?"

심봉사는 마을 사람들에게 너무 부끄럽고 창피해서 이 마을에서 멀리 떨어진 곳으로 이사를 해야겠다고 마음먹고 이삿짐을 싸기 시작했다. 이 소문은 마을 전체에 퍼졌고 옆 마을까지 퍼져 멀리 살고 있던 뱃사람들까지 듣게 된다. 뱃사람들이 심청이가 부탁한 것도 있고 해서 심봉사 집에 찾아왔다.

"심봉사 어르신!

그 동안 별일 없으셨는지요?

어르신께서 송주사에 다녀오셔서 충격을 받고 많이 편찮으셨다는 소문은 멀리서나마 듣게 되어 마음이 많이 아팠습니다.

심낭자께서 그 소식을 알게 된다면 얼마나 마음이 아프겠는지요?

닷세 후에 배를 타고 인당수를 지나가려고 하는데 심청낭자에게 전할 말이라도 있으신지요?" 심봉사에게 물었더니 "어린 너에게 몹쓸짓을 해서 백번 죽는다 해도 갚을 길이 없다고 용서해 달라고 하고 영혼이 있다면 한번이라도 좋으니 꿈에서라도 내 앞에 나타나 너의 손이라도 한번만 잡아보고 싶다고 전해주시요." 라고 했다.

그 말을 들은 뱃사공들은 그대로 전해드리겠다고 하고 어디로 이사 가시든지 몸 건강 하시라고 공손하게 절을 하고 떠났다. 뱃사공들은 부지런히 준비한 물건들을 배에 실고 부둣가에서 돛을 내리고 출발을 했다. 중국으로 팔려갈 진귀한 물건들을 다른 때 보다 훨씬 많이 실었기 때문에 뱃사공들은 바다에서 폭풍을 만나지 않기를 간절히 바라며 출항했다.

부둣가에서 출발한지 얼마 지나지 않아 비가 오기 시작했다. 귀한 물건들이니 배 안에 가장 깊은 곳에 꽉 동여매어 잘 넣어놓고 뱃사공들이 모두 나와 용왕님께 빌었다.

"비나이다, 비나이다!

용왕님께 비나이다!

우리들이 중국으로 팔러갈 귀한 물건들이 무사히 아무 탈 없이 남경땅에 도착할 수 있도록 도와 주십시요. 이번 상단 물건으로는 금, 은 보화는 물론이거니와 도자기와 산삼 세 뿌리까지 평생 모든 돈으로 마련하였사오니 굽어 살펴 주시옵소!" 배 안에 탄 모든 사람들이 한 마음 한 뜻으로 한참동안 주문을 외우다 보니 어느덧 심청이가 빠진 인당수에 도착하게 되었다.

배안에 있던 사람들이 갑자기 조용해지더니 엄숙한 침묵의 시간이 흘렀다. 인당수 가장자리에 배를 세우고 심청낭자가 바닷속에 뛰어들었던 그 때의 장면을 생각하며 명복을 빌어 주었다. 그중에서 가장 우두머리인 사람이 일어서서 인당수 중앙쪽으로 향해 큰절을 두 번 올리더니

"심청 낭자!

그동안 잘 지내셨소?

오늘은 도화동에 계신 아버님 소식을 가져왔소이다!

아버님께서는 심낭자를 오매불망 그리워하며 지내시고 계시고 심낭자께서 너무 너무 보고싶으니 꿈속에서라도 나타나시어 손이라도 꼭 한번 잡아보고 싶다고 하셨소. 그리고 못난 애비를 용서해 달라는 말도 꼭 전해 주라고 하셨소.

심청낭자의 효심에 바다에 용왕님께서도 탄복하셨는지 심청낭자

를 인당수에 제물로 빠지신 이후로는 이곳을 지날 때 배가 한 번도 뒤집힌 적이 없소이다. 우리들 모두 심청 낭자의 은공으로 목숨도 잃지 않고 계속해서 중국을 오고가며 장사를 해서 처자식을 먹여 살릴 수 있으니 이 은혜를 어찌 갚을 수 있겠소. 저희들이 약소하지만 음식과 술을 준비해 왔으니 받아 주시요."

술잔에 술을 가득 차게 따르고 다시 두 번 큰절을 하더니 술을 인당수 중앙쪽으로 향해 부어 주었다. 배 안에 있던 모든 사람들도 일어나 함께 큰절을 두 번 올렸다. 바다는 더없이 평화롭고 하늘은 맑았다. 게다가 바다에 순풍이 불어와 열흘 앞당겨서 중국의 남경 땅에 도착했다.

초저녁에 도착했기 때문에 모두들 피곤하여 이른 저녁밥을 먹고 일찍 잠자리에 들었다가 새벽에 일어나 값진 물건들을 가지고 남경 상인들을 만나기로 했다.

날이 밝자 모두 일어나 봇짐을 들고 상인들을 만났는데 물건을 보자마자 남경상인들이 깜짝 놀라는 것이었다. 세상에 이렇게 좋은 물건들을 어떻게 구하셨소! 조선에는 매우 훌륭한 물건들이 많소이다. 값은 얼마든지 줄 테니 모두 내려놓고 가시오. 하루 만에 모든 물건을 중국 상인들에게 팔고 나니 모두들 기뻐서 어쩔줄 몰라 했다.

장사가 잘되어 돈을 많이 벌게 된 뱃사람들도 우리나라에서는 볼 수 없는 진귀한 물건들을 사서 배에 실고 아침 일찍 남경을 떠나왔다. 모두들 신이 나서 콧노래도 부르고 춤도 덩실덩실 추고 술을 거나하게 마셔서 얼굴빛이 불그스름해졌다. 마치 어부가 만선을 하여 집으로 돌아오듯 뿌듯한 마음으로 더 이상 바랄 것도 없을 만큼 행복했다.

바다에서 풍랑만 만나지 않고 무사히 배가 조선에만 도착하면 우리는 부자로 살 수 있다고 생각하니 꿈만 같았다. 뱃사람들은 하늘과 바다가 우리들의 뱃길을 무사히 열어주기를 간절히 바라는 마음으로 하루하루를 보냈다. 그렇게 한 달 동안 바다를 건너는 동안 가랑비가 가끔씩 올 때도 있었지만 큰 풍랑은 만나지 않았다.

바다의 용왕님의 돌보심이 있었는지 큰 어려움 없이 평탄하게 황해도 앞바다에 있는 인당수와 그리 멀지 않은 곳에 도착했을 때 였다. 갑자기 하늘에 먹구름이 끼고 제법 굵은 장대비가 오기 시작했다. 뱃사람들은 깜짝 놀라 돛을 반쯤 내리고 속도를 내며 배를 빠르게 운항했다. 비가 내리기 때문에 바다에 안개가 짙게 깔려있어 어디쯤 왔는지 분간할 수 없다고 배안에서 웅성거리고 있을 때 우두머리인 뱃사람이 큰 목소리로 말했다.

"이보게들 !

조금만 더 가면 인당수에 도착할걸세

저쪽을 자세히 보게 자라 모양의 섬이 보이지 않는가 ?

자라섬이 있으면 인당수가 맞네 !"

나머지 뱃사람들도 맞장구를 치며 고개를 끄덕였다.

모두들 심낭자를 생각하며 옷소매로 눈물을 닦았다. 모두들 심청이가 빠진 곳을 향해 고개를 숙여 명복을 빌어주고 있었다.

그때였다.

갑자기 하늘에서 한 줄기 빛이 바다 한가운데로 비치더니 잠시 후에 오색 무지개가 병풍처럼 두개가 동시에 펼쳐졌다. 그 광경이 너무 황홀하여 모두 넋을 놓고 바라보고 있는데 무지개가 꽂혀있는 뿌리쪽 앞쪽으로 엄청나게 큰 연꽃 한 송이가 넘실넘실 떠 있는데 무지개 빛이 연꽃을 비추고 있으니 그 빛깔이 얼마나 고운지 말로 표현할 수 없을 만큼 곱고 아름다워 뱃사람들이 한 목소리로 세상에 저렇게 아름다운 꽃이 있을 수 있을까 ? 감탄하면서 연꽃을 가까이 보기 위해 배를 바짝 닿게 했다.

뱃사람들이 연꽃을 가까이서 보니 빛깔이 고운 것은 물론이거니와 꽃향기가 얼마나 은은하고 향기로운지 이 세상 꽃이 아니라고 생각이 들었다.

이보게들 !

심청 낭자가 뛰어든 곳에서 이 연꽃이 있는 것을 보면 아마도 심청 낭자를 연꽃으로 환생시켜 우리들에게 보냈을지도 모를테니 세상에 이렇게 귀한 꽃은 나라님께 갖다 바치면 어떻겠는가 ? 라고 말하자 모두들 그렇게 하는 것이 좋겠다고 하며 연꽃 주변으로 빙 둘러 연꽃을 상하지 않게 조심조심 꺾어 배에 실으려고 했다.

"영차, 영차 , 어 영차 !"

뱃사람들은 심청이가 연꽃으로 다시 태어났다고 생각하니 그 연꽃이 더욱 더 신기하고 소중하게 느껴졌다. 항구에 도착하자마자 곧

바로 연꽃이 시들까 상처날까 조심조심 수레를 구해서 흔들리지 않게 단단히 고정시켜 놓고 연꽃을 실은 수레를 끌고 임금님이 계신 궁궐로 향했다. 연꽃이 시들까봐 쉬지 않고 꼬박 이틀 동안 계속해서 수레를 끌어 드디어 궁궐에 도착하여 들어갔더니

임금님께서 연꽃을 보시고 "세상에 이렇게 귀한 꽃을 가져오다니 !" 하시며 크게 기뻐하고 뱃사람들에게 큰 상금을 내리셨다. 임금님께서는 유난히 꽃을 사랑하시어 궁궐 안에는 수없이 많은 꽃들이 있었다. 그 중에서도 이 연꽃을 더욱 사랑하시어 임금님이 가까이서 볼 수 있게 침소가 있는 방 옆에 작은 연못에 연꽃을 놓으라고 명하셨다.

임금님은 삼년 전에 사랑하는 황후와 사별을 하고 새로운 황후를 맞이하라는 신하들의 상소에도 모두 물리치고 오로지 사별한 황후만 매일 밤 그리워했다. 그러다 이 신비로운 연꽃이 궁궐로 들어온 이후로는 임금님의 마음에 큰 위로가 되었다. 연꽃을 보고 있노라면 향기가 얼마나 은은한지 하루에 피로가 모두 풀리는 듯 하고 달빛에 비친 연꽃은 초가을 바람이 살포시 불 때면 마치 꽃잎이 춤을 추듯이 한꺼번에 모아졌다 펼쳐졌다 하는데 신기하기도 하고 너무 아름다워 시간 가는 줄도 모르고 한참을 보고 있다가 침소에 들곤 했다.

그러던 어느 날 오후 산책을 하려고 발길을 연못 쪽으로 옮겼는데 연꽃을 중심으로 궁궐 시녀들이 빙 둘러서 무엇인가 구경을 하고 있는 광경이 보여 임금님이 가까이 가서 무슨 일이냐 ? 라고 묻자 한 시녀가

임금님께 아뢰기를

"전하!

연못에 있는 큰 연꽃 속에 선녀가 앉아 있사옵니다."

그 말을 듣고 임금님이 직접 연꽃을 보니 정말로 아리따운 선녀가 앉아 있었다. 임금님은 깜짝 놀라며 "대체 어디에서 오신 분이요? 여기는 분명 인간들이 살고 있는 지상이거늘 그대는 어찌하여 선녀의 몸으로 지상으로 내려오게 되었단 말이요?

어서 말해보시오." 라고 명하자

심청이 연꽃에서 내려와 다소곳이 임금님께 큰 절을 올린 후 "저는 황해도 도화동에 사는 심청이라고 하는 처자였는데 아버지가 맹인이시어 제가 아버지 눈을 뜨게 해드리기 위해 뱃사람들에게 공양미 삼백석에 팔려간 후 황해도 바닷가 인당수라는 곳에서 용왕님께 제물로 바치기 위해 바다 속에 뛰어들었는데 용왕님께서 미리 물속에 시녀들을 보내 저를 구해서 용궁으로 데려오라고 명하시어 용왕님이 계시는 용궁에 들어가게 되었어요."

용왕님께서는 세상에 이렇게 효심이 깊은 자식이 있구나! 라고 하시며

"너의 효심이 참으로 갸륵하다고 하시며 용궁에 잠시 머물고 있다가 다시 인간세상으로 보내 주시겠다고 하시어 이곳 궁궐까지 오게 되었사옵니다." 라고 공손하게 아뢰자

임금님이 지금까지 심청이가 하는 말을 모두 듣고 난 후에 "참

으로 너의 효심에 용왕님께서도 감복하시어 다시 인간 세상으로 보내셨도다. 참으로 선녀같이 아름답고 마음씨도 고운 효녀로구나 !" 라고 하시며 매우 기뻐 하셨다.

궁궐 안에 소문이 금새 퍼져 신하들 귀에 들어가게 되었다. 신하들은 한목소리로 임금님께 아뢰기를 바다에 용왕님께서 황후마마가 안 계신 것을 아시고 보내주신 배필이 틀림없사오니 황후마마로 삼으시는 것이 지극히 마땅한 일이라며 간청을 하니 임금님도 기쁜 마음으로 심청이를 황후로 맞이하게 되었다.

심청이가 황후가 되고 나서 임금님을 지극정성으로 보필하자 임금님은 하루하루가 늘 기쁘고 행복했다.

심청이는 신하들을 대할 때도 따뜻하면서도 깍듯이 대하니 모든 신하들이 심청 황후를 잘 따르고 존경하여 신하들 모두 칭송을 아끼지 않았다. 이 소문은 궁궐 밖까지 널리 퍼져 온 나라 백성들까지 알게 되었다. 심청황후는 품행만 단정한 것이 아니었다.

어릴 적 어렵게 살아온 자신의 처지를 생각하며 살림이 어려운 백성들에게 궁궐에 쌓아 놓은 곡식을 나누어 줄 것을 임금님께 간청을 드려 임금님이 많은 백성들에게 궁궐의 곳간이 거의 비워질 정도로 은덕을 베푸니 백성들이 고마운 마움을 전할 길 없어 임금님과 심황후가 계시는 궁궐 쪽을 향해 큰 절을 올렸다고 한다. 그야말로 배고픈 백성이 없으니 나라의 태평성대가 따로 없었다.

임금님과 심황후는 기뻐하는 백성들을 보고 너무 행복했다. 심황후는 더없이 행복했지만 마음 한켠에서는 늘 아버지가 보고 싶고 어떻게 살고 계실까? 궁금해서 견딜 수가 없었다.

그리운 마음에 궁궐 뒷 뜰에 나가 아버지가 계실 도화동쪽 하늘을 보고 있으니 새하얀 뭉게구름이 두둥실 떠가는데 그 뒤로 기러기 세 마리가 줄지어 날아가고 있는 것을 보며 저 기러기들은 한 가족 같은데 어디로 날아가고 있는 것일까? 혹시 우리 아버님이 계시는 도화동으로 가는 걸까?

심 황후는 그리움 마음을 달랠 길 없어 방으로 들어와 어릴 적 푸른하늘을 보며 엄마에 대한 그리운 마음을 회상했듯이 아버지에 대한 그리운 마음을 담아 붓을 들고 한지 위에 시를 써 내려갔다.

푸르고 푸른 하늘은 내가 무엇이든 그릴 수 있게
커다란 도화지가 되어 넓은 가슴을 모두 내 주었지.
어느 날은 흰 구름으로 꽃동산을 그려 놓으면
산토끼도 노닐다 가고 종달새도 왔다가 바람 따라 떠나갔지

엄마가 너무 너무 그리울 때면
큰 날개가 달린 큰 새 모양의 구름이 나타날 때까지
꼼짝도 안하고 해가 서산에 넘어 갈 때까지 기다렸지
날개가 큰 새를 닮은 흰 구름이 나타나면 계속 따라갔었지
엄마가 계신 곳까지 내 마음을 데려다 주기를 바라며

저 멀리 떠나가는 구름에게 소원을 빌었었지
가끔씩 몽실 몽실 구름떼가 나타날 때면
큰 날개가 펼쳐질 때까지 온종일 기다리며 또 기다렸지

시를 쓰고 있던 심황후의 눈에 어느새 눈물방울이 맺혀 금방이라도 떨어질 것만 같았다. 임금님이 낫것상을 드시고 심황후가 있는 거처에 잠시 들렀는데 심황후가 우는 얼굴을 보고 깜짝 놀라며

"어디가 아프기라도 한 것이요 ?"

"무슨 일 있었소 ?" 라고 묻자 심황후는 "별일 아닙니다." 라고 "대답했다. 그러자 임금님이" 무슨 일인지 소상하게 말해보시오.

심황후가 슬퍼하고 있으면 짐이 아무일도 할 수 없을 것 같소.

"어서 말해보시오." 라고 하자

" 전하 !

지금까지 전하께서 저를 아껴주셔서 하루하루가 시간 가는 줄 모르게 행복하게 살아 왔으나 제가 고향집 도화동을 떠나 온지 두 해가 넘어 그동안 아버지께서 어떻게 살고 계실지 소식이 너무 궁금하옵고 꼭 아버지를 뵙고 싶습니다." 라고 아뢰자.

"지금까지 짐이 너무 무심하였소.

참으로 미안하오.

당장 사람을 도화동에 보내어 아버님을 궁궐로 모셔 오도록 합시다." 라고 하며 심황후를 위로 했다.

그 말을 듣고 심황후 기뻐서 어쩔 줄 몰라 했다.

임금님은 곧바로 군사들을 시켜 도화동에 가서 심봉사를 모셔오라고 명하셨다. 군사들 여러 명이 말을 타고 심봉사를 모시러 집에 도착했는데 집 마당에 풀이 수북하게 자라 있었고 초가집으로 된 오두막집은 담벼락이 반쯤 허물어져 있어 주춧돌로 바친 기둥 네 개가 겨우 버티고 있었다.

군사들이 마을 사람들에게 심학규라는 맹인을 찾으러 왔다고 했더니 심봉사가 도화동 마을을 떠난 지 두 해가 되었다고 했다. 군사들은 발길을 돌려 궁궐로 돌아와 임금님과 심황후에게 도화동에서 떠나고 안계신다고 하니 그 말을 들은 심황후가 크게 낙심하며 슬퍼했다.

임금님은 슬퍼하고 있는 심황후의 손을 꼬옥 잡으며 아버님을 찾을 좋은 방도가 있는지 알아봅시다. 라며 위로해 주었다.

그 일이 있고 며칠 지난 후 심황후가 임금님께 찾아가서 "맹인들을 궁궐로 모셔 잔치를 벌이게 되면 혹시 아버님을 만나실 수도 있고 게다가 앞 못 보는 불쌍한 맹인들을 위해 위로도 해드릴 수 있는 자리도 될 수 있으니 어떠하신지요 ?" 라고 여쭙자

"좋은 말씀이요.

내일부터 한달동안 궁궐에서 잔치를 벌일 테니 방방곡곡에 있는 모든 맹인들이 모두 오셔서 맛있는 음식도 먹고 술도 마시고 여흥도 즐기고 가라고 하시요." 이 소문은 나라 전체에 퍼지게 되었다.

임금님의 명이 내려지자 심황후는 너무 기쁜 나머지 눈물이 났다. 심황후는 내일이라도 당장 아버지를 뵐 수 있다고 생각하니. 도저히 잠이 오지 않았다.

잔칫날 첫째 날이었다.

대궐 안에 있는 가장 넓은 뜰에 넓다란 광목으로 만든 천막을 치고 땅바닥에는 멍석을 깔고 멍석위에 교자상을 놓고 맛있는 음식과 술이 푸짐하게 차려져 있었다. 잔치에 모인 맹인들이 삼삼오오 모여 앉아 즐겁게 먹고 마시며 잔치를 열어주신 임금님과 심황후님께 모두들 성은이 망극하옵나이다. 라며 머리를 조아렸다.

매일 성대하게 잔치를 벌인지 보름째 되던 날.

심황후는 혹시 아버님께서 송주사에 공양미 삼백석을 시주해서 부처님의 은덕으로 눈을 뜨시고 이제는 맹인이 아니신걸까 ? 아니면 궁궐에서 잔치를 하고 있다는 소식을 듣지 못하신걸까 ? 여러가지 생각이 들어 군사들에게 다시 한 번 더 당부를 한다.

어느 고을이든 맹인이 살고 계신다면 고을 원님께 전달하여 한분도 빠짐없이 꼭 궁궐에 오셔서 잔치를 참여하라고 명하였다. 그래서 고을 원님들까지 나서서 여비를 주며 꼼꼼히 챙기고 있었다. 드디어 이 소식은 심봉사가 살고 있던 고을 원님까지 전달이 되었다.

고을 원님은 심봉사가 살고 있는 외딴집까지 찾아와서 여비로 엽전 다섯 닢을 손에 건네주면서 꼭 다녀오라고 했다. 심봉사는 고을 원님이 여비까지 주면서 궁궐잔치에 다녀오라고 하니 어렵지만 잔치에 가기위해 집을 나섰다.

심봉사는 앞도 안보이고 혼자서 가려니 궁궐이 멀게만 느껴졌다. 낮에는 지팡이를 짚고 더듬더듬 걷고 밤에는 주막에 들러 주모에게 사정을 해서 문간방에서 잠시 눈을 붙였다가 새벽같이 일어나 하루 종일 걸으면서 혹시 잔칫날이 끝나면 어떡하나 ? 노심초사 하면서 서둘렀다. 다시 날이 어두워지자 호롱불이 켜진 어느 주막집으로 들어갔다.

"이보시요.

주인장 계시오 ?

궁궐에 맹인잔치가 있어 가는 중인데 하룻밤 머물고 갈 수 있겠소 ?" 라고 하자

마침 문간방에 나그네 한 분이 묵고 계시니 한방에 주무셔도 되면 그렇게 하라고 해서 나그네와 같은 방에서 하룻밤 자게 되었다.

심봉사는 고단하여 초저녁부터 잠이 들었는데 간밤에 기이한 꿈을 꾸게 되어 깜짝 놀라 큰 소리로 잠꼬대를 하는 바람에 옆에서 자던 나그네도 잠에서 깼다.

"무슨 꿈을 꾸셨길레 식은땀이 옷에 흠뻑 젖으셨는지요 ?"

"아니올시다.

저 때문에 잠에서 깨게 되어 미안하게 되었소이다.

이제는 내가 안자고 조용히 옆에 있을 테니 걱정 말고 나그네 양반은 주무시오."

"아닙니다.

저도 오늘따라 잠이 오지 않아 조금 있다가 일어나서 길을 떠나려고 했습니다.

저희 할아버지께서 한학자이셔서 일찍부터 글을 가르쳐 주셔서 소학부터 주역까지 가르쳐 주신 덕분에 제가 꿈 해몽을 조금 해드릴 수 있으니 한번 말해보시지요."

심봉사 마지못해 어젯밤 꿈 이야기를 털어 놓는다.

"내가 길을 걸어가고 있었는데 바람이 세차게 불어 내 두루마리가 벗겨져서 조금 떨어진 곳에 서 있는 나무 가지에 걸치더니 나무 위에 걸친 내 두루마리에서 불씨가 생겨 나뭇잎에 한잎 두잎 옮겨 붙더니 나무 전체에 불이 붙고 훨훨 타오르고 있었소. 그러다가 나무 꼭대기에 있던 나뭇닢 한개가 궁궐 처마 밑으로 붙더니 궁궐담을 타고 불길이 옮겨지고 결국 궁궐 전체가 불길에 휩싸이고 궁궐 주변에 산들까지 모두 번져 훨훨 타오르니 어찌할 바를 몰라 애타게 물을 찾아다니다가 잠에서 깨어났소.

나그네 양반 !

나 때문에 궁궐에 불이 난 것 같아 불길한 마음이 들어 궁궐에 들어가지 않는 편이 좋을 것 같소. 아니 그렇소 ?" 라고 하자

"그 꿈은 길몽인 것 같습니다.

어르신의 두루마리로 인하여 불씨가 되어 결국 궁궐 처마 밑에 붙었다는 것은 궁궐의 안주인을 의미하는 황후마마 이시온데 어르신께

서 혹시 여식이 있으신지요?" 라고 물었다.

"심봉사 심청이를 떠올리며 훌쩍거린다.

마음씨 곱고 얼굴도 이쁘고 효심이 지극한 딸이 한 명 있었으나 눈먼 아버지 눈을 뜨게 해드린다고 공양미 삼백석에 뱃사람에게 팔려 인당수에 제물로 간 딸이 있었소만은 지금은 이 세상 사람이 아니올시다. 꼭 꿈에서라도 한번 만나고 싶소. 아마도 내가 그 딸에게 몹쓸 짓을 해서 천벌을 받으려고 그런 꿈을 꾼 것 같소이다. 이대로 궁궐에 들어가면 큰 벌을 받게 될까 두렵소이다."

"어르신 걱정하지 마십시오. 제가 마침 궁궐 바로 옆에 있는 관청에 가는 길이온데 그곳까지 길을 안내해 드리지요."

"고맙수이다.

앞이 보이지 않으니 길 안내를 해주시면 쉬이 도착할 수 있을 것이요."

나그네와 심봉사는 닷 세 동안 길동무 삼아 이런저런 이야기를 나누며 걷다보니 어느새 관청까지 도착하여 나그네와 심봉사는 헤어지고 혼자서 궁궐의 맹인잔치가 열리는 곳에 도착하게 되었다.

오늘이 마침 맹인잔치가 열린 한 달 째 되는 마지막 잔칫날이었다.

방방곡곡에서 수없이 많은 맹인들이 몰려와 다른 날 보다 훨씬 많은 맹인들로 궁궐이 혼잡했다.

심황후는 한달동안 하루도 빠짐없이 잔치에 나와 한사람 한사람씩 얼굴을 확인하고 차려놓은 음식들도 마음껏 드시고 가시라고 하면서 당부의 말도 잊지 않았다. 맹인들은 심황후의 은덕에 모두들 칭송하며 즐거워했다. 대궐 입구에서는 한사람씩 궁에 들어올 때마다 이름과 살고 있는 곳을 적으라고 했다.

심봉사도 명부에 이름을 적고 한참동안 걸어 들어가 담벼락 밑에 구석진 곳에 자리를 잡고 맛있는 음식과 술을 마시기 시작했다. 심봉사가 상위에 있는 음식들을 모두 먹고 나면 또 다시 맛있는 고기와 술을 가득 채워 주고 마음껏 먹을 수 있게 큰 잔치를 베풀어 주니 마음이 흡족하고 더없이 기뻤다. 그동안 맹인으로 어렵게 살아온 아픔의 세월이 봄날의 눈 녹듯이 사라지는 듯 했다.

잔치가 열리는 중앙통로를 따라 맨 끝 쪽 부분에 두 계단 높은 곳에서는 악사들이 흥을 돋구기 위해 연주를 했다. 맹인들 중에 몇몇 사람들은 일어나 춤을 덩실덩실 추며 모두 흥에 겨워 여기저기에서 웃음소리가 흘러 나왔다.

'심황후는 오늘이 잔치 날 마지막 날로 한 시간 후면 잔치가 마칠 텐 데 오늘도 아버님께서 오지 않으시면 어떻게 만날 수 있을까?' 라며 힘없이 발걸음을 옮겨 대궐 입구에 있는 명부가 있는 곳으로 갔다.

오늘 참석한 맹인들의 명부 이름을 한사람 한사람씩 꼼꼼히 살펴보다가 맨 마지막 장에 심학규라는 이름석자가 적혀있는 것을 보고 깜짝 놀랐다. 분명 아버님 이름이었다. 심황후는 혹시 동명이인 일 수도 있으니 상궁 두 명을 데리고 다니면서 조심스럽게 아버지의 얼굴을 닮으신 분이 계시는지 찾고 다녔다.

한참을 둘러보다가 마지막으로 서쪽에 있는 담벼락 옆으로 삼삼오오 앉아서 열댓 명 정도 모여 있는 곳으로 도착했다. 맹인들 모두 일어나서 심황후께 감사하다고 절을 했다. 심황후가 한분한분 얼굴을 자세히 보고 있는데 그 중에서 아버님하고 비슷한 얼굴을 찾게 되었다. 전보다 많이 야위셨고 얼굴빛이 조금 새까맣게 변한 것 빼고는 분명 아버지 모습이었다.

심황후는 뛸 듯이 기뻐 금방이라도 가서 아버지를 안고 싶었지만 침착하게 상궁을 시켜 이름을 여쭈어 보도록 했다. 심봉사에게 상궁이 다가가서 어디에서 온 누구인지 말해보라고 했다.

심봉사 어젯밤 꿈이 생각이 나기도 하고 술을 한꺼번에 여러잔 마셨더니 취기가 올라와서 덜덜 떨면서 낮은 목소리로 "사릿골에 사는 심학규라는 사람이옵니다." 라며 심봉사가 대답하자 목소리가 너무 작아 모두들 알아들을 수가 없었다.

상궁이 다시 심봉사에게 말하기를 "우리 황후마마께서 꼭 당부하시며 어르신의 이름을 여쭈어 보라고 하셨으니 큰소리로 자세히 말씀해 보시요." 라고 하자

황후마마께서는 어질고 마음씨가 곱다고 온 나라에 소문이 자자하신 분으로 친히 내 이름을 물어보라고 하신 것은 분명 나쁜 일이 아닐거라고 생각이 들어 심봉사 자리에서 일어나 취기에 몸을 제대로 가누지 못한 상태로 지금까지 살아온 날에 대하여 횡설수설하면서 마지막으로 "나에게도 황후마마처럼 마음씨도 곱고 얼굴도 예쁘고

효심이 지극했던 딸이 한 명 있었는데 그 딸을 꿈에서라도 한 번 만나면 지금 죽어도 여한이 없다." 고 하면서 털썩 주저앉아

"청아, 청아 !"

이름을 부르며 울고 있었다.

울고 계시는 아버지 앞으로 달려가서

"아버지 !

제가 아버지 딸 심청이에요."

"뭐라고 !

우리 딸 청이라고 ?"

"이게 꿈이냐 생시냐 ? 어디 얼굴 한 번 만져보자. 우리 딸 청이가 맞는지 내 눈으로 똑똑히 보고싶구나 !" 하면서 눈을 힘껏 치켜떴더니 눈꺼풀에서 찌직찌직 소리가 들리더니 반쯤 열려 희뿌연 안개 같은 것이 가리고 있었지만 어렴풋이 사람 형체는 보이는 듯했다. 심봉사는 꿈에도 그리웠던 딸이 바로 눈앞에 있다고 하니 더욱더 눈에 힘을 주며 안간힘을 썼다.

"청아, 청아 !

내 딸 청아 !

죽었던 네가 어떻게 살아왔느냐 ? 이것이 꿈이 아니고 생시라면 내가 직접 내 눈으로 너를 보고 확인 해야겠다." 라면서 온몸에 있는 힘을 모두 모아 다시한번 힘껏 눈꺼풀을 치켜떴다. 하늘에 심봉사의 애절한 마음이 전달되었는지 드디어 두 눈으로 심청이를 볼 수 있었

다.

내 딸 청이가 내 눈 앞에 황후가 되어 서 있는 것이었다. 심봉사와 심청이는 서로 얼싸안고 기쁨의 눈물은 흘렸다. 심봉사가 눈을 뜨자 맹인잔치에 모였던 다른 맹인들도 한명씩 눈을 뜨기 시작했고 마침내 모두 눈을 떠서 서로를 바라보니 온 세상이 모두 신기하여 기쁨에 눈물을 흘리는 사람도 있고 춤을 덩실덩실 추는 사람들도 있어 궁궐 안이 온통 기쁨과 즐거움으로 가득찼다.

이 모든 기적이 황후마마의 은덕으로 생겼으니 바다와 같이 넓고 깊으신 은혜를 어찌 갚아야 할지 모르겠다고 하면서 맹인잔치에 참석한 모든 사람들이 일어나 계속해서 절을 올렸다.

한편 궁궐 대전에 있던 임금님은 신하들로부터 심황후의 아버님을 찾게 되었고 게다가 눈을 뜨게 되었다는 기쁜 소식을 듣고 한걸음에 달려와 심봉사의 손을 꼭 잡아주며 그동안 얼마나 고생이 많으셨느냐고 하면서 따늣하게 위로해주었다.

심봉사는 임금님이 손을 잡아 주니 너무 황송하여 어쩔 줄 몰라 하며 기쁨의 눈물을 흘렸다. 궁궐에 모인 사람들 모두 자신들의 일처럼 기뻐하며 즐거워했다.

그 후로 임금님과 심황후는 심봉사를 궁궐과 지척인 곳에 기와집도 한 채 장만해주고 생활 하는데 불편함 없게 몸종도 여러 명 보내주고 자주 문안 인사 올리며 지극정성으로 모시며 행복하게 오래오래 살았다. 온 나라 백성들이 어진 임금님과 효심이 깊은 심황후 마마를 오랫동안 칭송하며 태평성대를 이루었다.

심청전은 어느 시대에 누가 지었는지 알 수 없어 심청전의 배경 또한 의견이 분분하다. 그러나 심청전이 우리 민족에게 물려준 가치와 의미는 그 어떤 문학 작품과 비교 할 수 없기 때문에 배경 또한 우리 나라의 소중한 자산으로 잘 지키고 보존하자는 의미로 좀 더 많은 사람들이 심청전의 유례가 있는 곳을 찾아 아끼고 잘 지켜 후세들에게 물려줄 수 있는 귀중한 장소가 되었으면 하는 바램이다.

우리 마을이 진짜 〈심청전〉의 배경

1. 옹진군 백령도가 관련이 있다는 주장
2. 부안군 부근 앞바다가 관련이 있다는 주장
3. 곡성군 관음사와 관련이 있다는 주장

참고문헌: 심청전 효의 길은 묻다, 미래엔, 이민아

심봉사의 육아법과 현대육아법

우리나라 심청전은 단순히 고전소설이 아니라 우리나라 민족의 얼이며 뿌리이며 마음속 깊은 곳에 맺힌 울분을 문학작품으로 승화시킨 최고의 작품으로 우리나라 역사를 이해할 수 있게 스며들듯이 가르쳐 주고 또한 백성들끼리 마음이 서로 동화 되게 하여 나라에 전쟁이 일어났을 때에는 맹렬하게 나가 싸울 수 있는 용기와 결기를 갖게 해 국민들을 하나로 뭉치게 하여 파급력을 가진 힘으로 바꿔 놓는다. 마치 무기와 같이 변신한다.

내가 심청전에 대해서 관심을 갖게 된 계기는 우리 아이들이 초등학교에 입학 하면서 인성이 형성될 시기에 아이들이 부모에 대해 감사하는 마음을 갖고 또 스승에 대해 감사한 마음을 갖고 더 나아가서는 다른 사람이나 사회가 내게 준 기회에 대하여 감사하는 마음을 갖게 해주고 싶었던 교육을 하기 위해서였다.

자식을 바르게 잘 키우고 싶은 것이 모든 부모의 마음이다.

나는 첫아이를 한꺼번에 두 명을 낳았다. 경험도 없이 쌍둥이를 낳아 키우다 보니 어려움이 많았다. 그래도 딸아이들 모두 건강하게 태어난 덕분에 잘 먹고 잘 자라 주어 혼자서 키울 수 있었다. 그리고 건강에 관련된 육아백과는 시중에 많이 나와 있어 다양하게 읽다 보니 아이들 건강에 관해서는 큰 어려움 없이 키울 수 있었는데 아이들이 점점 자라면서 연령대에 맞게 단계별로 가르쳐야 할 것도 있고 재능이 있으면 키워줘야 할 것도 있는데 마땅히 배울 수 있는 교육 지침서가 없어 힘들었다.

부모가 되었는데 부모되는 법을 모르고 부모가 되었다. 누구도 부모되는 법을 가르쳐 주지 않았고, 더욱더 좋은 부모가 될 수 있는 방법을 배우기란 거의 불가능 했다. 그 때 내가 느꼈던 어려운 상황을 되돌아보며 지금 아이를 낳아 기르고 있는 부모들에게 조금이나마 보탬이 되었으면 하는 마음으로 내 나름대로 정리한 육아방식에 대해 설명 드리려고 한다.

부모는 아기가 세상에 태어나면 아주 기쁘게 맞이해 주어야 한다.

본인이 이 세상에서 가장 기뻤을 때 할 수 있는 표정을 모두 합쳐 최대한 미소를 크게 짓고 아이를 맞이해 주어야 한다. 그리고 갓 태어난 아기가 세상을 포근하고 따뜻하게 느낄 수 있도록 부모님이 꼭 안아 주어야 한다. 아기를 사랑해 주는 부모를 통해 새로운 세상과 사람에 대해 각인(본능)되는 순간이다 . 그렇게 해서 아기가 세상에 안정감을 느끼게 해주는 것이 가장 중요하다. 만일 태어나서 바로 해주지 못했다면 최대한 빨리 많이 해주어라. 아기가 이러한 과정이 없으면 안정감을 느끼지 못하고 계속 울면서 보챈다.

아이들이 성장하면서 정서 불안증을 느끼는 아이들이 있는데 부모로부터 충분히 애정을 받지 않았다는 것이 잠재의식 속에 남아 있어 부모로부터 버림받았다고 느끼기 때문이다. 이 과정은 한사람이 평생을 살아 가는데 인격 형성에 기준이 된다. 이렇게 중요한 과정에서 만일 부모 중에 한분이 돌아 가셨거나 많이 아프거나 큰 재난을 당하거나 심지어 전쟁이 일어났을 때는 부모의 마음이 슬프기 때문에 편안하게 아기를 돌볼 수 없게 된다. 그래서 전쟁 중에 태어난 아기들은 정도에 차이는 있겠지만 조금씩은 정서불안증을 겪을 수 있다.

전쟁을 많이 겪은 우리나라가 지금까지 앞만 보고 경제를 일으키기 위해 달려온 사이에 어린 아이들의 정서발달은 뒷전이었다. 지금부터라도 그때 입은 상처의 응어리들을 풀기 위해 한번쯤 되돌아 봐야 한다. 그 다음 세대들은 경제가 조금 나아지다 보니 배워야 성공할 수 있다고 해서 부모님들이 자식을 가르치기 위해 먹을 것도 제대로 못 먹고 허리띠 졸라매고 참아가며 뒷바라지를 했다.

한국 부모님들의 교육열은 세계 사람들도 알아준다고 하니 우리네 부모님 세대들은 정말 대단하신 것 같다. 그러나 자식이 어떻게 부모의 마음을 헤아릴 수 있으며 부모의 뜻대로 자라 주는 자식이 과연 몇 명이나 될까? 억지로 안 되는 것이 자식 농사이거늘 부모들은 혹시나 배우면 좀 더 나을까? 기대하면서 아이들을 억지로 공부를 시키다보니 많은 부작용이 생겼다. 특히 50년 전 공부를 너무 하고 싶어도 가정 형편이 어려워 배우지 못한 부모님들은 못 배운 것이 한이 되어 자식을 가르치기 위해 자신의 인생을 통째로 희생 시켰다.

오늘날 그렇게 어려운 상황에서도 자식을 키우신 부모님들의 희생이 지금에 대한민국 발전에 밑걸음이 되었다고 생각한다. 그러나 모든 일이 음과 양이 있듯이 방향을 정확히 모르고 달리다 보면 큰 문제가 생기게 된다. 그러한 문제점은 당대에 나타날 수도 있고 후대에 나타날 수도 있다.

내가 우리 아이들을 키울 때는 대부분의 가정들이 생활수준이 올라와 있었기 때문에 일찍부터 아기들 공부를 시켜야 한다고 해서 조기 교육이 열풍이었다. 마치 쓰나미가 밀려오듯이 학습 교재들이 집집마다 넘쳐 났다. 한글도 일찍 가르쳐야 했고 영어도 일찍 가르쳐야 발음이 좋아 진다고 해서 일찍부터 원어민이 있는 유치원으로 보내는 부모님들도 있었다. 대부분의 아이들이 조기 교육을 하지 않으면 뒤처질 것만 같은 불안감에 다른 아이들이 배우는 만큼 대부분 따라 했다.

아이를 어떻게 키워야 하는지 방향도 정확히 모른 채 앞만 보고 열심히 가르쳤던 것 같다. 그러던 중 어느 날 아이들이 다니고 있는 유치원에서 배우고 있는 산수 교재를 보고 깜짝 놀랐다. 유치원생들이 세 자리수 덧셈, 뺄셈을 배우고 있는 것이었다.

우리 아이들과 함께 유치원에 다녔던 한 아이의 엄마가 산수 교재를 보여 주며 너무 어려운 것을 가르치면 아이들이 공부를 싫어할 수도 있을 것 같다. 며 걱정을 하는 것이었다. 내 생각도 마찬가지였다.

다음 날 아이들이 다니는 유치원 원장님께 전화를 해서 상담을 했다. 아이들이 배우고 있는 산수 교재에 세 자수 덧셈 뺄셈 단계가 현재 아이들이 배우고 있는 단계가 맞는지 여쭈어 봤더니 원장님께서 맞다고 하시는 것이었다. 그러면서 하시는 말씀이 아이들이 학교에 입학해서 학교 진도를 따라가려면 6살부터 7살까지 세 자리 수 덧셈, 뺄셈을 할 줄 알아야 한다는 것이었다. 요즘 아이들은 유치원에서 단계가 높은 수업을 하고 있고 학교에 입학해서는 대부분 아이들이 유치원에서 많이 배우고 학교에 입학하기 때문에 학교 진도가 빨리 나갈 수밖에 없어 못 따라 가는 아이들은 계속 뒤처진다는 것이었다. 원장님과 전화를 마치고 나서 많은 생각이 들었다.

내 생각도 중요하지만 아이들 생각은 어떠한지 물어보려고 유치원에 갔다 온 아이들을 앉혀 놓고 산수 공부에 대해 물어보았더니 우리 아이들도 세 자리 수 덧셈 뺄셈이 어렵다고 했다. 아이들 말을 듣고 다음날 원장님께 부탁을 하려고 전화를 했다. 우리 아이들이 아직은 어렵다고 하니 조금 지난 후에 세 자리 수 덧셈 뺄셈을 천천히 가르쳐 줄 것을 부탁했다. 그랬더니 원장님 말씀이, "그러면 다른 아이들이 세 자리 수 덧셈 뺄셈을 배우고 있을 때 어머님의 자녀들은 어떻게 하면 좋을까요 ?" 라고 물었다. "다른 아이들 산수공부 하는 시간에는 놀이터에서 놀게 해주시고 다른 과목을 배울 때는 다른 아이들과 함께 가르쳐 주세요." 라고 부탁을 드렸다.

내가 했던 결정이 잘 한 것인지 잘못한 것인지 잘 모르겠다. 정말 무엇이 어린 아이들을 그렇게 어려운 공부를 하게 만들었는지 모르겠다. 너무나 안타깝다. 본인이 잘 이해가 가지 않는 공부를 맹목적으로 해야만 하는 조기교육의 현실 앞에 나는 많이 힘들었고 마음속에 갈등이 컸다. 그러던 중 우연히 좋은 책을 접하게 되었다. '현명한 부모들은 아이를 느리게 키운다' 연세대 소아정신과 신의진 선생님이 쓴 책이었다.

책 첫 장에 이렇게 써 있다. 내가 욕먹을 각오를 하고 이 책을 쓴 이유에 대해 설명해주었다. 조기교육 비판서 라고 책표지에 써있었다. 정말 양심있는 의사선생님 덕분에 나는 이 책을 읽고 아이들을 느리게 키우기로 마음먹었다. 내가 만일 신의진 선생님께서 쓴 책을 안 만났다면 아이들에게 그릇된 교육법을 적용시켜 문제가 많았을 거라고 생각한다. 아이들이 초등학교에 입학할 때쯤 좋은 책을 만나게 된 것에 늘 감사하게 생각한다.

그 당시에 '현명한 부모들은 아이를 느리게 키운다'의 책을 읽고 내가 느낀 점은 아이의 발달과정에 대하여 조금 부족하더라도 지켜봐주고 자신감을 잃지 않게 기다려주라는 것이다. 그 책을 읽고 난 후에 우리 아이들을 키울 때 공부를 잘하라고 다그치지 않고 기다려주었다.

지금도 두 아이들이 엄마가 학업이나 성적에 대해 스트레스를 안 주고 기다려 준 것에 대해 고맙다고 했다. 그렇다고 학원이나 과외를 안 시킨 것은 아니고 아이들이 스스로 선택하게 해서 원하는 것이 있으면 맞춰주었다. 아이가 스스로 결정하게 한 것은 책임감을 심어주기 위해서였다. 아이들이 어릴 때부터 스스로 판단하고 실행에 옮기는 습관이 두 아이들 모두 진로를 정할 때 도움이 되었고 본인들이 좋아하는 일을 찾아서 하고 있다. 신의진 선생님 덕분이다.

인생은 좋은 스승을 만나서 바뀔 수도 있지만 좋은 책을 만나도 바뀔 수 있다고 생각한다. 이번에 '나라를 구한 심청전'을 쓰면서 신의진 선생님의 책을 다시 한 번 읽게 되었다. 아이들이 어렸을 때 읽었을 때와 지금 읽을 때가 느낌이 많이 다른 것 같다. 지금 다시 읽어보니 더욱더 훌륭한 책이라고 느껴졌다. 신의진 선생님의 '현명한 부모들은 아이를 느리게 키운다' 책에서 가장 내 마음 속에 와 닿는 내용은 첫째 '부모 될 자격이 있는지 스스로 진단하라'는 내용이다.

이 말은 여러 면에서 아이를 낳을 수 있는 환경과 마음에 준비가 되었는지를 먼저 알아야 한다는 뜻이다. 경제적인 면에서 어느 정도는 준비가 되어 있어야 하며 집안 가족 중에 큰 병이 걸려서 육아와 병수발을 동시에 해야 할 상황은 아닌지도 살펴야 한다고 했다. 경제적인 면이란 돈을 많이 벌어야 한다는 의미보다는 아이를 양육하기에 너무 빠듯하지 않아야 한다는 뜻으로 매우 중요한 말인 것 같다. 엄마가 마음이 편하고 안정적이어야 아기를 잘 돌볼 수 있기 때문이다.

엄마가 너무 힘들면 아기에게 집중하기가 힘들다. 그리고 신경이 날카로워지면서 아이에게 늘 힘든 표정을 짓게 된다. 그런 엄마의 표정을 보며 자란 아기들은 자신이 엄마에게 환영받지 못하는 존재라고 무의식 속에서 자리 잡는다. 만일 갑작스럽게 집안에 불의의 사고로 큰 일이 생겨 엄마가 아이를 돌보지 못할 때는 대신 아빠가 아기의 제1보호자로 엄마처럼 섬세하게 돌봐주어야 한다.

심청전에서 나오는 심봉사의 육아방식에 대해 살펴보기로 하자. 심봉사와 곽씨부인이 심청이를 갖기 위해 큰돈을 모은 것은 아니었지만 그래도 아기를 낳아 기르기 위해 열심히 일해서 곡식도 곳간에 많이 쌓아 놓고 땔감도 구해 놓고 아이를 갖기 위해 부부가 열심히 불공도 드리고 정성을 쏟았다는 것을 엿볼 수 있다. 그러다가 심청이가 태어나니 부부는 기뻐서 어쩔 줄 몰라 한다. 아기는 세상에 태어났을 때 이렇게 환영 받아야 한다.

곽씨부인이 심청이가 딸이라고 잠시 서운해 하지만 살포시 웃고 있는 아기를 보며 서운함이 모두 사라지고 사랑스럽게 느껴졌다. 심봉사는 기다리던 아기가 태어나서 너무 기쁘고 행복해한다. 세상에 어떤 보물보다 귀한 아기를 얻게 된 심봉사는 심청이와 하루종일 놀아주고 얼러준다. 금자동아 ! 옥자동아 ! 채색비단 오색동아 ! 세상에 귀한 것은 모두 가져다가 빗대어 아기를 가장 귀하다고 한다. 곽씨부인에게 밥을 지어 주는 일 외에는 오로지 아기를 위해 하루를 보낸다. 곽씨 부인이 죽은 후에는 심청이를 포대기로 매일 업고 다니며 이웃들에게 젖동냥을 하러 다닌다.

이렇게 아버지의 등에서 따스한 체온을 느끼며 성장한 심청이는 이세상에서 아버지를 가장 좋아하고 자신을 열다섯 살까지 잘 성장할 수 있게 해주신 것에 대해 늘 감사한 마음을 갖는다.

심봉사에게 사랑을 흠뻑 받은 심청이는 자존감이 높고 책임감이 있으며 어려운 일이 닥쳤을 때 용기가 있다. 그래서 삼백석으로 자신을 팔아 아버지의 눈을 뜨게 하려는 용기를 갖게 된 것이다. 어린 아기들은 세상에 태어났을 때 부모가 이 세상에서 자신을 가장 사랑하고 앞으로도 영원히 너만 사랑할거라고 꼭 보여주고 확인 시켜줘야 한다. 낯선 세상에 와서 얼마나 낯설게 느껴졌을까? 를 생각해보라. 따뜻하고 포근하게 안아주고 스킨쉽을 많이 해줘야 한다. 이렇게 부모의 사랑을 듬뿍 받은 아이는 대체적으로 잘먹고 잘 자고 잘 논다. 정서가 안정되었기 때문이다.

어떤 아이들은 선천적으로 예민해서 부모가 육아를 완벽하게 해도 계속 울거나 보채는 아이가 있는데 그런 아이들은 혹시 건강상에 문제가 있는지 짐짐해 봐야 한나. 신생아 때 아기에게 충분히 애정을 쏟은 후에는 아이들이 세상을 마음껏 탐색하도록 해야 한다. 아기가 직접 손으로도 만지고 소리로도 들려주고 맛으로도 느낄 수 있게 오감을 자극하여 전달될 수 있도록 하는 것이 가장 중요하다. 이것이 학습으로 이어지는 가장 기초가 되는 1단계 과정이다.

아기들이 사물에 대해 탐색하고 있을 때 부모는 옆에서 조금씩 거들어 주면서 사물에 대한 이해를 돕는데 약간의 조력자 역할을 해주면 된다. 예를 들어 아이가 숟가락으로 냄비 뚜껑을 두드리고 있으면 재미있냐고 묻고 간단하게 설명도 해주고 잘한다고 칭찬도 해준다. 엄마가 소리에 맞춰서 고개도 끄덕여 주고 손뼉도 쳐주고 아이가 하는 행동에 관심을 보여주고 지지를 해준다. 아기는 자신이 하는 행동에 대해 부모가 반응을 해줌으로써 자신감을 갖고 더 다양한 사물에 대해 관심을 보이며 나름대로 사물의 본질에 대하여 이해하고 머릿속으로 저장한다. 아기의 인지기능이 '체화' 되는 가장 중요한 시기로 이 시기를 일정기간 거쳐야 인지력이 확장될 수 있다.

1단계 과정을 거친 아이들은 2단계 과정으로 다양한 사물에 관심을 갖게 되며 궁금한 게 많아져 부모님께 계속 물어본다. 그러면 그때는 엄마가 알고 있는 지식에 대해 말해 주고 아이와 함께 찾아보자고 권유도 한다. 1단계에서나 2단계에서 가장 중요한 것은 아이가 부모와 커뮤니케이션을 하고 있다고 느끼게 해주는 것이 중요하다. 때로는 혼자서 탐색하게 지켜봐 주기도 하지만 될 수 있으면 부모님이 옆에서 반응해 주면서 놀이식으로 호기심을 갖게 하고 재미있게 해주면 아기의 두뇌가 훨씬 많이 자극되어 사고가 확장 되는데 도움이 많이 된다.

3단계는 부모와 자식 간의 유대관계 쌓기 단계이다.

지난날을 뒤돌아보며 곰곰히 생각해 봤을 때 대부분의 부모님들이 하는 실수중 하나는 부모가 아이들에게 무한정 사랑을 주기만 했다는 것이다. 아이들에게 부모님을 사랑하는 방법을 가르쳐 주지 않은 채 반쪽 교육을 시킨 것이다. 무슨 일이든 잘하기 위해서는 연습이 필요하듯이 아이들이 어릴 때 부모에게 무엇인가를 건네주는 연습을 시켜야 한다.

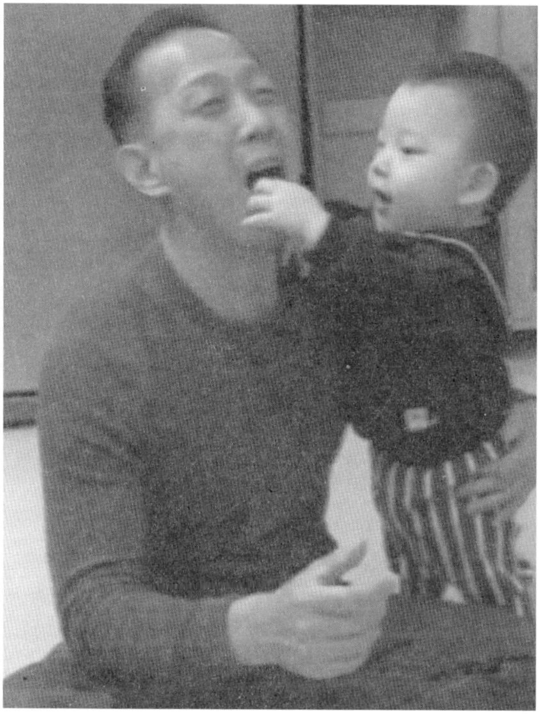

예를 들어 아이와 함께 놀면서 한쪽에 과자 그릇을 놓고 과자를 몇 개 놓는다. 그리고 나서 과자그릇에 있는 과자를 부모님이 먼저 아이의 입에 넣어 주고 그 다음은 아이가 부모님 입에 과자를 넣어 주도록 해야 한다. 이때 아이가 준 과자를 먹고 부모님은 세상에서 가장 맛있는 과자를 먹은 것처럼 행복한 표정을 지어준다. 아이가 부모님 입에 무엇인가 넣어 주는 것은 기쁘고 행복한 일이라는 것을 느끼게 해 주는 것 이다. 과자대신 과일이나 간식을 놓고 해도 좋다.

서로의 감정을 교감하고 동시에 부모와 자식 간의 연대의식을 갖게 해 주는 중요한 행동이다. 바로 아이에게 효도에 대해 각인되는 순간이다. 이러한 행동은 한두 번으로 멈추지 말고 가끔씩 해서 아이가 충분히 기쁨을 느끼게 해야 한다. 이러한 과정을 거친 아이들은 부모가 효도에 대해 가르치지 않아도 부모를 좋아 하게 된다.

효도를 가르칠 수 있는 가장 최적의 시기이며 부모와 친해질 수 있는 가장 좋은 방법이다.

첫 번째는 부모와 최대로 친밀감을 형성되는 것이고 그 다음은 아이에게 옳고 그름에 대하여 조금씩 가르쳐준다. 즉 해서는 안 되는 행동과 해도 되는 행동을 구별할 수 있게 가르쳐야 한다. 우리나라 속담에 '세 살 버릇 여든까지 간다' 는 말이 있듯이 세 살 이전에 사리 분별력도 키워줘야 한다. 만일 발달 과정에서 둘 중에 하나라도 결여된다면 아이가 성장하면서 계속해서 문제를 일으키는데 아이의 기질이나 성향에 따라 심각하게 나타날 수도 있고 표현하지 않지만 내적으로 문제를 일으켜 자살하거나 범죄를 일으키는 경우도 있다. 때로는 싸이코 패스 성향으로 평소에는 아주 조용하고 좋은 인상을 가지고 있는데 갑자기 돌변하여 범죄를 일으키는 경우가 이러한 사례이다.

우리는 이렇게 중요한 시기를 잘 모르고 그냥 지나치고 있다. 부모가 이 시기를 놓치면 아이들과 유대관계 형성하기가 어렵다. 세상에 모든 일이 때가 있듯이 아이들을 잘 키우려면 영유아기를 절대 놓쳐서는 안 된다. 부모와 충분히 유대 관계가 형성된 아이들은 부모님의 말을 빨리 이해하고 잘 따르며 다른 사람과의 유대관계도 잘 맺을 수 있어 학교 선생님과의 관계나 친구들과의 관계도 원만하여 사회성이 좋은 아이로 발전한다.

가끔 유전적으로 돌연변이는 있을 수 있으나 대체적으로 정상적인 아이일 경우에는 큰 문제없이 잘 성장한다. 아이들이다 보니 자라는 과정에서 가끔씩 반항하기도 하고 비뚤어진 방향으로 나갈 수 도 있겠지만 유아기 때 부모님과 애정관계가 충분히 형성된 아이들은 마음속 깊은 곳에 부모에 대한 애정이 있기 때문에 크게 벗어나지 않고 원래대로 부모님의 뜻에 순종한다. 모든 아이들이 부모에 노력만큼 잘 따라서 해주면 좋겠지만 아이들마다 받아들이는데 차이가 있을 수 있다.

사람마다 타고난 기질과 성격도 다르듯이 재능과 능력도 아이들마다 모두 다르다. 어떤 아이는 그림을 잘 그리는가 하면 어떤 아이는 춤을 잘 추고 운동을 잘하는 아이들도 있다. 학습면에서도 언어능력이 뛰어나 말을 잘하고 영어를 잘하는 아이가 있고 숫자에 월등하게 관심을 보이며 계산하는 것을 좋아해서 계속 숫자놀이만 하는 아이들도 있다.

부모는 자녀들이 어떤 방면에 소질이 있는지 유심히 관찰했다가 아이가 소질이 있는 방면에 많이 노출될 수 있도록 해주면 된다. 그러나 우리나라 교육 현실은 안타까운 면이 많다. 개인적인 소질보다는 성과 위주로 평가를 하고 있는 현실 앞에 가슴이 답답하다. 아이의 먼 장래를 생각하지 않고 당장 눈앞에 보이는 성과에 급급해하며 아이들을 다그친다.

단어컨데 아이들을 다그치면서 키우게 되면 아이의 가슴 속에 원대한 꿈을 심어줄 수 없다. 부모가 아이를 키울 때 조급한 마음으로 키우면 당장 눈앞에 결과만 따지게 되고 먼 미래의 큰 꿈을 설계할 수 없게 된다. 아이들을 부모에 아바타로 만들면 안 된다. 앞으로 아이들이 살아가야 할 세상은 우리가 살았던 세대보다 더 험난한 세상을 살아갈지도 모른다.

아이가 험난한 세상을 살아갈 때 가장 중요한 것은 어려운 환경이 닥쳤을 때 의연함을 잃지 않고 어려운 환경에 대해 물러서지 않고 극복할 수 있는 용기를 가질 수 있는 힘이 필요하다. 여러면에서 변화가 많은 세상을 헤쳐 나가며 살아야한다. 수없이 많은 변화에 적응해 나가기 위해서는 첫째 마음에 평정심을 잃지 않으며 창의성을 가진 아이가 되어야 한다.

미래 세대가 살아갈 아이들의 교육은 부모들만 노력한다고 되는 것이 아니라 국가의 전반적인 교육 시스템의 문제점을 찾아내서 조금씩 수정하면서 바꾸어 나가야 한다. 부모님들과 공교육이 서로 협력해서 새로운 교육 시스템을 만들어 가야한다. 부모님들이 가정에서 아이들에게 해 줄 수 있는 일로 예를 들자면 여러가지 과일의 종류를 가르칠 때 동화책에 나오는 빨간색 사과를 아이에게 보여주면서 사과는 빨간색으로만 머리에 인식되게 가르쳐서는 안된다. 연두색 사과도 있고 노란색 사과도 있을 수 있다는 것을 알게 해 줘야 한다.

아이를 사과밭에 직접 데리고 가면 아이가 덜 익은 사과를 보며 세상에는 연두색 사과도 있다는 것을 깨닫게 된다. 그리고 아이에게 잘 익은 빨간 사과와 덜 익은 연두색 사과를 먹어보게 한다. 직접 사과밭에 가서 만져보고 맛을 봐야 사물을 이해하고 오래 기억할 수 있으며 다른 사물과도 연결할 수 있어 두뇌가 골고루 발달할 수 있다. 그러나 이러한 과정이 없이 아이들을 책으로만 사물을 익히게 하면 사고가 단순해진다. 아이에게 책을 보여주고 가까이 하게 만드는 일은 부모가 서두르지 않아도 된다. 아이가 사물에 대한 탐색과정이 어느 정도 지난 후에는 호기심이 폭발적으로 일어난다. 이때 아이들이 유난히 관심을 많이 보이는 사물이 있다. 예를 들어 자동차에 관심을 많이 보이면 멋진 자동차가 그려진 동화책을 아이에게 자연스럽게 선네준다. 그러면 아이는 자신이 좋아하는 그림을 보면서 책을 좋아하게 된다. 부모들이 아이에게 필요하다고 생각하는 책이 아니라 아이가 원하는 책을 주어 책을 친구처럼 만들어 줘야한다. 일반적으로 책이란 어른들에게는 지식을 습득할 수 있는 통로이겠지만 어린 아이들에게 너무 일찍 책으로 무엇인가를 계속 가르치게 되면 오히려 역효과가 날 수 있다.

지금까지 대부분의 부모님들은 아이들이 책 좋아해서 공부 잘하고 우등생으로 커서 일류대학에 가서 남들이 부러워하는 직업을 가지면 자식을 잘 키웠다고 생각했다. 그러나 그렇게 자란 자식들이 부모의 고마움에 대하여 얼마나 생각하고 있고 친밀감을 느끼고 있는지 묻고 싶다.

요즘 부모님들이 자식들 때문에 마음이 아프고 힘든 부모가 많다. 부모와 자식간에 대화를 하지 않는 가정이 많다고 한다. 지금 대학교에 다니고 있는 20대 청년층부터 80대 노년층까지 세대 간에 갈등을 겪을 수밖에 없는 시대적 상황도 있었지만 교육에 대한 문제점도 많았다. 우리나라가 지난 50년 동안 모든 면에서 얼마나 많은 변화가 있었는지 말로 설명할 수 없을 만큼 많이 바뀌지 않았던가? 전쟁으로 인해 모든 것을 잃은 나라의 아이들이 따뜻한 보호를 받으며 제대로 된 교육을 받는다는 것은 거의 불가능한 일이었다. 어린아이들이 전쟁에 가장 큰 희생양들이었다.

지금 우리나라에 60대와 70대들은 그러한 어려움 속에서 자라난 세대들이다. 그 당시 부모님으로써 지금의 80대와 90대이신 부모님들 생각에는 자식을 굶기지 않고 키우는 것이 가장 중요한 일이었다. 이러한 부모님 밑에서 자란 세대들이 부모님에게 이렇게 말한다. "부모님이 나에게 해 준게 뭐가 있냐? 사랑으로 키웠어야지! 사람이 어떻게 밥만 먹고 살 수 있냐?"고 한다. 몸이 부서지도록 죽을 힘을 다해 자식들 먹이려고 양식을 구해온 부모님께 하는 말이다. 이렇게 말하는 자식에게 부모는 얼마나 배신감을 느끼고 있는가?

지금 우리나라에서 일어나고 있는 가장 흔한 갈등 구조의 예시를 나타낸 말이다.

내가 힘들고 어려웠던 상황에 대하여 위로 받고 싶은데 위로해 줄 사람이 없다. 그래도' 내가 키운 자식은 내 마음을 알아주겠지' 라고 생각 했는데. 자식이 알아주기는커녕 오히려 원망을 한다. 이것이 전쟁이 끝난 후에 겪는 세대 간 비극들이다. 전쟁의 비극은 마음속 깊은곳에 트라우마로 남아 사회 곳곳에 오랫동안 머물며 사회가 성장하는 것을 방해한다.

무엇이 문제였는가 ? 먹을 것이 없어 아기들 입에 먹을 것만 넣어주는 것밖에 생각 못했던 부모님들의 무지함이 죄라고 누가 비난할 수 있겠는가 ? 그 누구의 죄도 아니며 전쟁을 겪어야만 했던 힘이 약한 나라의 눈물이고 설움이라고 말해주고 싶다. 지금부터라도 국민들이 전쟁의 피해 나라가 되지 않기 위해서는 다음 세대들에게 창의적 교육을 철저히 시켜 국력을 키워야 한다.

전쟁은 부모가 자식을 사랑할 가장 중요한 권리마저 빼앗아 가는 것이다. 천륜을 저버리게 만든다. 우리나라는 오랫동안 외부의 침략을 받았기 때문에 전쟁속에서 아이들을 키웠다. 전쟁은 아이들을 슬프게 만들었고 배고프게 만들었다. 정상적인 육아를 하기 힘들게 만들었다. 그래서 먹고 살기에 급급했던 부모들은 아기의 마음을 헤아릴 여유가 없이 앞만 보고 달렸다. 그 속에서 자라난 아이들이 지금 성인이 되었는데 세계 자살률 1위 국가가 되었다.

우리나라가 기존의 방식대로 아이들을 교육 시킨다면 대한민국의 미래는 없다.

미래를 준비하지 않으면 또 다시 전쟁을 겪게 될 것이다. 미래의 전쟁은 차원이 높은 두뇌 전쟁이다. 세계에 식량이 부족하여 각 나라가 인구수를 줄여야 한다. 인구가 많은 나라는 인구가 줄어든다고 해도 크게 문제가 되지 않지만 우리나라같이 영토가 작고 인구가 많지 않은 나라의 인구 감소는 나라에 큰 위기다. 더욱더 안 좋은 상황은 우리나라 인구수는 줄고 그 자리를 외국인이 채워가는 것이다. 우리나라 국민의 절반이 외국인으로 바뀐 나라를 상상해보라. 만일 우리나라 국민의 50%가 미국인이면 우리나라의 절반이 미국이 되는 것이다.

한 나라에 영토는 있는데 국민이 없는 나라와 국민의 절반이 외국인으로 채워진 나라는 국내외적으로 계속 분란이 일어날 것이다. 요즘 젊은 세대들이 결혼을 안 하려고 하고 아이를 안 낳으려고 한다. 이유를 물어 봤더니 혼자 사는게 편하고 더 좋다고 한다. 이렇게 말하는 아이들에게 부모들이 어떻게 교육을 시켰는지 되돌아보고 잘못한 점이 있었다면 아이에게 잘 이해시켜 주고 때로는 아이에게 사과도 해서 지난 상처에 대해 다독여 줘야 한다. 그동안 일등에서 꼴찌까지 줄 세우기를 하며 아이들에게 얼마나 많은 상처를 주고 좌절감을 주었는가?

아이들이 얼마나 힘들었으면 혼자 살아도 힘든 세상이라며 좌절하고 결혼도 안하고 혼자 살려고 하겠는가? 한 사람의 능력을 평가

받을 때 수학성적과 영어성적으로 거의 90%가 정해지는 말도 안 돼는 교육시스템에 우리가 언제까지 희생양으로 남아야 하는지 분노하지 않을 수 없다.

전 세계가 1초 만에 수조원을 벌어들이고 수조 달러를 잃어버리는 세상에 살고 있다. 한나라의 금융시장이 하루아침에 엎치락 뒷치락 하며 한 나라의 화폐가치가 휴지조각보다 못하게 전락해버리는 세상을 살아가야 할 아이들에게 지금 필요한 교육은 창의력과 사고력이다. 창의력은 자존감이 높아야 하며 자신이 무엇을 잘하고 무엇을 좋아하는지 알고 있을때 비로서 생기게 된다. 그리고 국제사회가 요구하는 인재로는 이타심을 가진 아이들에게 기회가 주어질 수 있으므로 봉사활동을 통해 타인과 협력할 수 있는 호연지기 정신을 길러주는 것이 중요하다.

봉사활동을 통해 얻을 수 있는 것은 우리가 상상하는 것 이상이라고 생각되어 우리 아이들을 키울 때 봉사활동을 가르치기 위해 장애인 단체에 가서 함께 봉사도 하고 사회에 기부하는 것을 가르치기 위해 솔범수범 한다는 마음으로 꾸준히 기부를 해왔다. 이러한 노력들이 헛되지 않았는지 아이들이 자신들의 위치에서 최선을 다하며 생활하고 있는 것을 보면 보람이 있다.

나는 대학교에서 학생들을 가르쳤는데 적성에 맞아 재미있게 강의를 할 수 있었고 우리 아이들을 육아할 때도 힘은 들었지만 교육에 관심이 많았으므로 나름대로 공부도 많이 하고 고민도 많이 하면서 키웠다. 교육에 관련된 책도 여러 권 읽었는데 그중에서는 아이를 세 자녀 모두 일류 대학에 보내 자녀를 성공적으로 키운 엄마의 육아 방식부터 모범적인 부모님의 육아방식 덕분에 결국 일류대에 가서 꿈을 이루게 되었다는 대학생의 성공담까지 읽었다.

다양한 성공담의 책을 읽으며 내린 결론은 우리 아이들이 그 아이들과 타고난 재능도 다르고 기질도 다르다는 것이었다. 그렇게 생각하면서 우리 아이들을 객관적으로 바라 볼 수 있었고 아이들에게 크게 욕심을 부리지 않고 기다려줬던 것이 오히려 아이들에게 도움이 되었던 것 같다. 그리고 공부보다는 인성과 사람 됨됨이가 더 중요하다고 생각하여 예절 교육을 가르치기 위해 노력했었다. 내가 지금 '나라를 구한 심청전'을 쓰게 된 것도 지식이 머리에 많이 든 것도 중요하지만 먼저 사람 됨됨이가 중요하다고 생각하기 때문이다.

아이들 교육은 한나라의 20년 후 미래라고 볼 때 가정에서 뿐만 아니라 학교 교육에서도 하루 빨리 좋은 부모가 될 수 있는 교육 과정이 만들어져야 한다고 생각한다. 세상에서 한 생명을 키우고 바르게 살 수 있게 만드는 가장 귀하고 가장 가치있는 일이 또 어디 있겠는가? 지금까지 좋은 부모가 되는 교육을 받은 적이 없기 때문에 결혼을 하고 아기를 낳으면 어떻게 키워야 할지 몰라 당황하고 때로는 잘못된 육아방식을 따라서 하다가 종종 육아를 실패하게 된다.

지금부터라도 학교 교과 과정에 육아법을 도입시켜 한 생명의 소중함도 알게 해 주고 부모되는 법을 조금씩 가르쳐 줘야 한다고 생각한다. 우리가 세상을 살면서 한 개인이 사회적으로 성공하는 것도 중요하지만 자녀를 바르고 역량있는 아이로 키우는 것 또한 개인으로 보나 국가적으로 보나 세상에서 가장 가치있는 일이라고 생각한다. 아울러 우리나라에 오랫동안 이어온 효사상도 함께 가르쳐 사람 됨됨이 교육도 함께 이루어졌으면 좋겠다.

심청전이 나라를 구하고 세계 평화를 꿈꾸다.

전쟁은 어떠한 방법을 써서라도 일어나지 않아야 하며 만일 일어났다고 해도 될 수 있으면 모든 방법을 동원하여 빨리 종결 되어야 한다. 그래서 나는 어떤 나라도 전쟁의 슬픔으로 모든 것을 잃고 슬퍼하지 않기를 바라는 마음으로 심청전과 지금의 국제정세가 결코 무관 하지 않다고 생각하므로 네 편의 사설문을 통해 함께 논의해 보고 싶었다.

첫번째 사설문은 지금부터 9년 전에 강동구에 있는 평화통일 연구원에서 세미나를 발표하기 위해 만든 자료인데 '국제정세 시나리오와 평화통일 방법모색' 이라는 주제로 연구원에서 발표한 자료이다. 남한과 북한이 평화롭게 잘 지냈으면 하는 염원을 담고 세계평화가 지켜지기를 바라는 마음으로 쓴 글이다.

두 번째 사설문은 작년에 큰 이슈가 되었던 중국과 대만과의 갈등 속에서 '하나의 중국'을 주장하면서 중국이 대만을 무력으로 침략해 대만을 중국땅으로 정당화 하겠다고 하는데 그렇게 되면 중국에 이익이 아니라 손해라는 점을 예시를 들어 쓴 글로 주제는 "중국과 국제 관계 속에서 세계평화를 위한 방법 모색" 에 대하여 쓴 글이다. 이 글 속에는 총과 탱크로만 전쟁을 하는 것이 아니라 다양한 형태의 전쟁과 무기가 있다는 것을 전달하고 함께 고민해 보기 위해 쓴 글이다.

세 번째 글과 네 번째 글은 지금 유럽에서 진행 중인 우크라이나와 러시아의 전쟁을 보면서 두 나라만 전쟁으로 고통 받는 것이 아니라 전세계가 우크라이나 전쟁으로 인해 많은 어려움이 생길 수 있다고 볼 때 어떠한 방법을 써서라도 전쟁을 빨리 종식하기 위한 지혜가 필요하다고 생각되어 작성한 글이다. 한사람의 지혜보다는 두 사람의 지혜가 필요하고 두 사람의 지혜보다는 많은 사람의 지혜가 절실한 때라고 생각되어 우리나라에 주요 언론사에 기고문으로 보내게 되었다.

제목은 '우크라이나와 러시아 전쟁을 염려하는 마음을 담은 글'과 '우크라이나 전쟁의 종식과 한반도 미래를 위한 해결방안'에 대하여 쓴 글이다.

첫 번째 사설문

주제 : **국제정세 시나리오와 평화통일 방법모색**

평화통일연구원 : **김현영**

2013년 9월 14일

국제정세를 여성특유의 섬세함과 감성을 가지고 이성이 아닌 가슴으로 보려고 노력하였습니다. 그래서 제가 준비한 세미나는 사실을 근거로 하겠지만 다른 측면에서는 다소 주관적 견해가 있을 수 있으니 양해 부탁드립니다.

저는 지금부터 약 12년전에 사업을 시작하면서 우리나라 경제가 중국경제와 절대적으로 깊은 연관이 있다고 판단하여 중국경제에 관심을 갖게 되었습니다. 오늘날 중국의 부강이 있기에는 덩샤오핑(등소평)이라는 인물이 중요하기 때문에 덩샤오핑 전기를 읽게 되었습니다.

1. 중국과 덩샤오핑

마오쩌둥 시대까지 공산주의 이념으로 통치하였다면 덩샤오핑 시대에는 과감한 시장경제를 도입하여 공산주의와 자본주의(시장경제)를 조합시켜 국가경제가 빠르게 성장할 수 있게 만들었습니다.

덩샤오핑은 어떻게 시장경제의 장점을 알고 도입했는가?

1918년 중국 쓰찬성(덩샤오핑 출생지)과 충칭에 프랑스행 유학이 성행합니다.

덩샤오핑의 당시 나이가 열여섯 살 정도 될 쯤 프랑스로 유학을 가게 됩니다.

덩샤오핑은 중국을 구하기 위해 서양의 지식과 진리를 배우기 위한 목적이었고 프랑스는 중국과 우호적인 관계 뿐 만 아니라 노동력이 부족했기 때문에 중국유학생을 원합니다. 제1차 세계대전 직후라 중국경제가 어려울 때 프랑스에서 일을 하면서 공부를 할 수 있는 여건을 제공하면서 중국유학생을 약 1500명 정도 모집하게 됩니다. 그 유학생들 중에서 중국의 지도층이 많이 배출됩니다.

덩샤오핑은 이때 자본주의를 접하면서 동시에 프랑스 안에 있는 공산주의 조직인 '공산청년동맹'에 가담하여 본격적으로 당원으로써 정치활동을 하게 되는데 독일에서도 여러 명의 공산당원들이 가담하게 됩니다.

2. 영국과 프랑스의 관계 그리고 독일

우열을 가릴 수 없을 만큼 많은 장점을 가진 나라들끼리 동양의 나라와 우호관계를 맺기 위해 노력을 합니다. 영국은 러시아와 우호적 관계를 맺어 소비에트연방이 붕괴되고 오늘날 러시아가 됩니다. 프랑스는 중국과 우호적인 관계를 맺어 중국에서는 프랑스의 자본주의와 공산주의를 적절하게 조화시켜 중국식 자본주의를 만들어냅니다. 그래서 우리나라 통일은 단순히 주변 4대강국의 관계 뿐 만 아니라 영향력 있는 다른 나라들과 연관이 있다고 할 수 있습니다.

3. 전략적 요충지 한반도

지구 온난화로 인하여 얼음이 녹고 북해항로가 열리면서 우리나라는 더욱더 중요한 위치가 됩니다. 각 나라(러시아, 미국, 캐나다, 노르웨이, 스웨덴 등 그 밖의 나라) 들은 자국의 이익을 얻기 위해 동분서주합니다. 나라 간에 경쟁이 치열하다보면 앞날을 내다보지 못하는 나라는 낙오되거나 침범당할 수 있으며 더 나아가서는 국가가 망할 수 있다고 생각합니다. 따라서 이때에 남북한이 협력하여 슬기롭고 재치있게 통일을 해서 동북아에 우뚝 선 대한민국을 만들어야 합니다.

4. 평화통일에 대한 아이디어

남북한이 통일을 하려면 먼저 많은 교류가 있어야 합니다. 인간관계에서 서로 친해지려면 많이 만나야 하듯이 다양한 방법으로 교류를 해야 합니다. 짧은 시간에 남북한 사람들이 공감할 수 있는 매체로는 문화와 예술(그림, 소설, 시, 영화, 연극) 분야라고 생각합니다.

남북한 화가들의 모임에서 남쪽과 북쪽을 배경으로 번갈아 가면서 그림을 그리는 것, 소설을 예를들어 황순원의 소나기 배경을 탐색하고 더 발전시켜 상품화 할 수 있도록 모색하는 것을 들 수 있는데 소수의 사람들이 공감하기 때문에 범위가 좁다고 할 수 있습니다. 따라서 많은 사람들이 동시에 짧은 시간에 공감할 수 있는 예술로는 영화가 가장 좋다고 생각합니다.

이때 반드시 지켜야 할 원칙은 영화 시나리오를 쓸 때 논픽션으로 쓰지 말고 반드시 픽션에 준하여 써 내려 가야 한다고 생각됩니다. 왜냐하면 이 영화는 세계 사람들이 재미있게 봐야 하고 공감할 수 있는 내용이어야 합니다. 북한 체제가 어떻고 공산주의가 어떻고 그런 거 말고 김정은을 주연으로 하는데 그냥 순수한 한사람으로 등장시킵니다.(예를들어 첩보 영화에 나오는 주인공으로 머리가 좋은 형사로 배역을 정하고, 남북한 공동제작 하고 영화감독과 시나리오작가도 남북한 공동으로 하고 촬영지 남북한 번갈아 가면서 배경)

우리는 멋진 영화를 만들어야 합니다. 전 세계 사람들을 감동시키고 남북한 주민들의 가슴을 열어 축제의 한마당으로 모이게 해야 합니다. 그렇게 모아진 영화 이익금은 남북한이 통일하는데 밑천이 되어야 합니다. 북한에 사과하라고 하기 전에 먼저 친밀해지고 그 다음에 사과를 받아내는 것이 더 이익이라고 생각합니다.(먼저 사과하라는 것은 남편이 집에 퇴근하고 돌아와서 배고파 죽겠는데 아침에 부부 싸움한 애기 들춰내서 싸움하자고 하는 아내와 같다고 할 수 있습니다. 우선 밥부터 먹고 차근차근 이야기하면서 사과를 받아내는 것이 지혜로운 방법)

5. 통일 후 북한주민들과 당간부들의 직위에 맞는 대우

북한주민들에게 토지를 분할하여 50년 임대를 약속해주고 당간부들은 남한에서 직위를 인정해 준다고 하면 나중에 해준다는 약속은 신빙성이 없다고 믿기 때문에 현실적이고 구체적인 방법으로 현금을 직위에 맞게 지급하는 것이 좋다고 생각합니다.

6. 보이지 않는 전쟁

나라 간에 전쟁을 하는 것은 눈으로 보이지만 보이지 않는 전쟁을 볼 수 없는 나라는 하루아침에 흔적도 없이 사라지는 세상에 살고 있습니다.

1350년에 시작되어 약 50년 동안 전 세계 사람들을 죽음의 공포로 몰아넣었던 페스트에서 교훈을 얻듯이 지금도 한 나라의 지도자의 오판에 의해서 제2의 페스트도 생길 수 있고 가습기(공기)로 인하여 어린아이가 숨질 수 있고 원전을 실험하다가 이웃나라가 가만히 있는데 피해를 볼 수 있음을 체르노빌 원전사고에서 배울 수 있었습니다.

태양열의 광선을 이용하여 수많은 사람들이 실명할 수 있을 만큼 다수의 나라들이 과학 발전을 해왔습니다. 발달시켰습니다. 지금은 우주에 떠있는 소행성에서 광물질(희토류, 다양한 금속물)을 채취하기 위해 각 나라들이 개발에 나선다고 합니다.

잠깐 ! 만일 소행성을 채취하다가 실수로 소행성이 지구로 떨어진다고 가정해보면 어떻게 될까요? 일부로 그런 것이 아니라 실수를 했는데 결과는 엄청나다고 생각합니다. 오늘날 제일 무서운 말은 '부주의' 라는 단어입니다.

우리는 아침이 되면 해가 뜨고 3월이 되면 봄이 되어 꽃이 피는 자연의 질서가 얼마나 감사한지 잃고 나서 알 수 있을까요?

지금은 전 세계 사람들이 서로 머리를 맞대고 욕심을 더 부리지 않고 나라들끼리 원한을 사는 일은 더 이상 있어서는 안됩니다. 되돌릴 수 없을 만큼 세계질서가 깨지게 됩니다. 더 늦기 전에 질서가 유지될 수 있도록 표준과 지표를 정해야 합니다.

돌멩이 하나가 세계의 질서를 깨고 다시는 돌이킬 수 없는 재앙을 가져올 수도 있는 현실을 자각해야 한다는 간절한 마음으로 세미나를 마무리 하겠습니다.

견문이 넓은 좋은 분들 앞에서 발표할 수 있는 기회를 주심에 감사드립니다.

참고문헌 : 덩샤오핑 평전
벤저민양/권기대 옮김
황금가지출판사

두 번째 사설문

주제 : **중국과 국제관계 속에서 세계 평화를 위한 방법 모색**

평화통일 연구위원 : **김현영**

2021년 12월 10일

1. 중국과 덩샤오핑

덩샤오핑과 동시대를 살았으며 오늘날의 덩샤오핑이 있기까지 때로는 후견인으로 때로는 경쟁자였던 마오쩌뚱이 나이가 들어 어느날 자신의 지난날에 대하여 덩샤오핑에게 자신의 공적에 대하여 물었다. 덩샤오핑은 7할은 옳고 3할은 잘못 되었다고 답했다. 그러자 마오쩌뚱은 본인이 예상했던 것보다 더 나은 평가를 해준 것 같다. 며 오히려 그보나 못한 평가가 나올 줄 알았다고 했다. 덩샤오핑은 마오쩌둥과의 대화를 생각하며 자신의 업적에 대하여 뒤돌아보았다. 자신도 후대에 이처럼 혼합된 평가를 받을 것이라고 생각해서였는지 자서전을 쓰려 하지 않았다. 그리고 다른 사람들에게 자기 대신 전기를 쓰도록 권하지도 않았다. 덩샤오핑은 생전에 이렇게 말했다고 한다. "훌륭한 전기는 당사자가 생전에 했던 좋은 일 뿐 아니라 나쁜 일까지 다 포함해야 한다. 라며 차라리 전기를 갖지 않는 편이 더 낫다" 라고 말했다고 한다.

이 얼마나 훌륭한 말인가 ? 오늘날 중국이 경제대국 G2 반열에 오르는데 진두지휘 했던 탁월한 지도자였지만 때로는 겸손하고 소탈한 성격의 소유자였다. 덩샤오핑은 농촌 지주 집안 출신으로 부유한 집안에서 태어났으며 부친인 덩원밍의 '실용주의' 사상에 영향을 받아 프랑스 파리에서 공부도 하고 노동을 하면서 자본주의 사상을 청소년 시기에 접하게 되고 프랑스 안에 있는 공산주의 조직(공산 청년동맹) 에서 활동하면서 동시에 공산주의 이념과 접하게 되고 결국 모스크바까지 가서 공산주의를 배우게 된다.

열일곱 살 이후 청소년기에 소련에서 유학하던 중 스물두살 되던 해에 고국으로 돌아오게 된다. 덩샤오핑은 마오쩌뚱의 공산주의 체제에 순응하면서 다른 한편으로는 중국의 개혁 개방에 몰두 하였다. 중국의 신자본주의 시장을 만들어 나갔다.

신자본주의 시장은 급속도로 퍼져 나갔고 1980년대에 거의 절정에 이르게 되었다. 덩샤오핑은 말년에 자신의 업적에 대하여 매우 만족 했다고 한다. 덩샤오핑은 개혁 개방 정책에 따른 경제 발전에 있어 가장 중요한 것은 절대적인 정치적 안정을 꼽았는데 다행히 1989년에 일어난 천안문 사태 외에는 대체적으로 안정적이었다.

중국은 전 세계 시장경제의 순풍을 타고 각 나라들이 자국의 경제 발전에 몰두하면서 다른 나라와 앞다투어 교역을 했는데 이때 등소평의 개혁 개방과 맞물리면서 엄청난 경제 호황을 맞게 된다. 덩샤오핑이 통치했던 20동안 중국의 국민 총 생산량이 연평균 10% 씩 성장할 때 서양의 대부분 나라들은 2% 미만의 성장률을 기록했으니 그야말로 비약적인 발전이 아닐 수 없다. 선진국과 비교해도 큰 차이인데 개발도상국과 비교하면 중국을 공룡 발걸음으로 비유하자면 대부분의 나라는 캥거루 발걸음쯤으로 밖에 표현이 안 될 것 같다. 어쩌면 캥거루보다 더 작은 동물로 비교하는 것이 옳을 수도 있을 것 같다.

중국은 시대에 맞게 덩샤오핑이라는 지도자가 나타나서 시대가 요구하는 시장을 잘 이해하고 사회주의 정치의 장점을 극대화시켜 너무나도 절묘하게 성공 시켰다. 지금까지는 완벽한 성공이었다. 그러나 미래의 중국은 과거20년을 발판으로 어떻게 더 큰 도약을 할 것인가 ? 아니면 후퇴할 것인가 ? 갈림길에서 어떤 선택을 할지 너무 궁금하고 또한 그 선택이 우리나라 대한민국에 어떻게 영향을 미칠지에 대하여 촉각을 곤두세우고 지켜보고 있다. 아울러 중국과 대한민국이 함께 성장할 수 있는 방법도 모색 중이다.

시대가 영웅을 만든다는 말이 있다. 한사람의 영웅이 나오기까지 시대가 배경이 되었다는 의미이다. 중국도 마찬가지로 시대가 중국이 성장할 수 있도록 배경이 되어준 것이다.

제2차 세계 대전이 끝난 1945년부터 1991년 소련 해체까지 지속됐던 미국과 소련간의 총성 없는 전쟁 속에서 미국은 중국과 유대관계가 필요했던 것 같다. 중국마저 미국에 등을 돌리게 되면 세계 평화가 깨질 수 있다는 계산이었는지 모르겠지만 어쨌든 중국과 미국이 어떠한 방식으로든 우호적 관계를 맺어야만 하는 필연적인 상황이었던 것 같다. 하지만 지금의 미국은 생각이 많이 바뀌었을 것이다. 너무 빨리 급성장한 중국을 결코 만만하게 볼 경쟁상대가 아니라고 생각 할 것이다.

미국뿐만 아니라 러시아, 영국, 프랑스, 독일, 일본, 호주 등 대부분의 나라들이 중국의 눈부신 발전을 보면서 두려워할지도 모른다. 그래서 중국이 어떻게 하는지 예의주시 하고 있을 것이다. 이럴 때일수록 중국이 자세를 낮추어야 한다고 생각한다. 더 큰 것을 얻기 위해 자세를 낮추는 것이다. 자신의 약점을 잘 모르듯이 중국 안에서는 세계 사람들이 어떤 시선으로 중국을 바라보고 있는지 잘 모를 수 있다.

간단하게 중국을 묘사하자면 세계적으로 면적이 네 번째 큰 나라로 아시아에서는 두 번째 이면서 중앙아시아에 위치하고 있어 나라 전체가 보물창고로 풍부한 자원들을 가지고 있으며 15억의 인구수는 세계 1위로 풍부한 노동력을 가지고 있다. 위의 두 가지 조건만 보아도 두려움의 대상이다. 게다가 강력한 일당 중앙집권체제로 중앙당에서 지시하면 최하부 조직까지 일사천리로 움직일 수 있도록 출신성분, 사상, 충성심까지 복잡한 심사를 모두 통과한 절대 충성을 맹세한 공산당원이 9,200만 명이고 모세혈관처럼 뻗은 500만개의 완벽한 기층조직은 중국을 하나의 중국으로 만드는데 완벽한 시스템으로 최적의 조건을 갖췄다. 정말 놀라지 않을 수 없다.

지구상에 어떤 나라도 가지고 있지 않은 유일한 중국의 힘이다. 다른 나라에서 중국을 바라보면 여러 가지 복잡한 심정이 교차할 것이다. 국제적으로 중국에 대한 모든 시선이 집중되어있는 민감한 이 시기에 대만을 거론하면서 '하나의 중국' 이라고 국제사회에 외치면서 중국이 욕심을 부리게 되면 다른 나라들은 대부분 중국을 적대시하고 등을 돌리게 될 것이다. 더 나아가 중국이 대만을 무력으로 점령하게 된다면 이솝 우화에 나오는 '황금알을 낳는 거위'의 배를 갈라버린 농부와 같은 우를 범하게 될 것이다.

현재 대만에는 TSMC라는 세계 3위의 반도체 회사가 있다. TSMC 회사의 반도체는 대만의 국력이자 미래가 걸린 중대한 사업이다. 세계 강대국들이 나라의 사활(死活)을 걸고 막대한 자금을 투자하면서 반도체 기업을 살리기 위해 고전분투 하고 있다. 그것은 바로 반도체 안에 한나라의 군사기밀, 경제기밀, 정치기밀 등 한나라를 통 채로 집약시켜 놓은 축소판이 반도체이기 때문에 그만큼 중요해서 어떤 강대국도 포기하지 않고 모든 것을 걸고 지키려고 한다. 그래서 중국은 대만을 절대 공격해서는 안된다.

반도체 기술은 너무나 세밀하고 정교한 기술을 요구하기 때문에 하루아침에 많은 돈을 투자한다고 곧바로 생산할 수 있는 것이 아니어서 먼저 개발한 나라와 교류를 통해서 업그레이드 하고 발전시켜야 가능한 기술로 가장 핵심적인 기술을 알아내는 것은 먼저 개발했던 나라의 도움 없이는 거의 불가능하다고 생각한다. 그래서 중국은 '하나의 중국' 이라고 내세워 대만 영토를 군사적으로 적대시 할 것이 아니라 대만의 TSMC가 잘 성장할 수 있도록 지원해서 중국과 대만이 서로 윈윈(win-win) 하는 전략을 세우는 것이 중국에 훨씬 더 유리하다.

대만의 TSMC와 반도체 사업을 거래하고 있는 세계 다른 나라와 우호적인 관계를 맺어 새로운 기술을 개발해 나가는 것이 먼 훗날 중국경제가 더 탄탄해질 수 있으므로 오히려 대만의 TSMC회사는 중국의 경제발전에 큰 밑거름이 될 것이다.

2. 영국과 프랑스 그리고 독일

영국은 세계 역사에 대하여 많은 정보를 가지고 있으면서도 조용하고 말을 아끼는데 그것이 영국의 보이지 않는 힘인 것 같다. 프랑스는 지리적으로 매우 축복받은 땅으로 대서양과 지중해를 접하고 있으면서도 면적도 넓은 영토로 대체적으로 지형이 평탄하고 비옥하여 일찍부터 농경이 발달 했고 프랑스의 지정학적 위치는 문화 예술을 꽃피울 수 있는 최적의 환경이었으며 정치적으로는 많은 격동기가 있었다.

독일은 2차 대전 패전국임에도 불구하고 뉘우침과 반성하는 낮은 자세로 피해 나라에게 정중하게 사과하여 국제사회로부터 신뢰를 얻음으로써 오늘날 독일의 성장을 가져올 수 있었다고 생각한다. 적절한 자본주의 정책과 복지를 통한 사회주의 재분배 정책은 독일만의 큰 장점으로 매우 성숙된 정치의 산물로써 코로나 팬데믹 시대에서 일어나는 부의 불균형에 있어 문제를 해결할 수 있는 좋은 대안을 제

시해 주고 있다.

세 나라는 여러가지 관점에서 각각 다른 장점을 많이 가지고 있는 나라로써 때로는 경쟁자 이면서도 지정학적으로 보면 서로 서로 도와야 하는 공동 운명체 같다. 요즘 이슈가 되고 있는 러시아와 우크라이나 사태만 봐도 만일 러시아가 우크라이나를 침략하면 세 나라의 운명은 다같이 어려움에 빠진다는 것을 모두 알고 있으므로 계속해서 문제 해결을 위해 협력하고 동분서주 하고 있다. 또 다른 한편으로는 세 나라가 자국의 이익을 위해 보이지 않는 경쟁을 치열하게 하고 있는지도 모른다.

지금 세계는 코로나 팬더믹 상황에서 많은 어려움을 겪고 있다.

아무런 일도 하지 않고 가만히 있어도 하루에 수만 명씩 사망자가 발생하고 있는 현실 속에서 손을 쓸 수 없다는 절망감에 신음하며 마음속에 분노를 겨우 삭히고 있는 최악의 상황에서 폭발할 대상을 찾고 있을 때 자칫 작은 불씨 하나가 큰 싸움으로 번져 전 세계가 모두 어려움에 처하게 되면 승자도 패자도 없고 사랑하는 사람과 소중한 모든 것을 잃는 비극만이 남을 수 있지 않을까 ? 염려가 된다.

3. 전략적 요충지 한반도의 발전방안

한반도는 지리적 요건으로 볼 때 단점과 장점을 동시에 가지고 있다. 우리가 어떤 관점에서 보느냐에 따라 장점이 많이 보일 수도 있고 단점이 많이 보일 수도 있다. 우리가 일상 속에서 접할 수 있는 칼이 있다. 엄마가 어린 가족들을 위해 맛있는 음식을 만들어 줄 때 사용하게 되면 요리용 칼이 된다. 같은 칼이라도 강도가 사용하면 살인 도구가 되고 더 나아가서 의사가 아픈 환자를 치료하기 위해 쓰는 칼은 사람의 생명을 살리는데 쓰는 중요한 도구로 의료용 칼이 된다.

나는 북한의 무기들이 사람을 해치는 무기가 아니라 사람의 귀중한 목숨을 살려내는 명의가 든 수술실 칼로 쓰여 지기를 바란다. 북한의 김 성은 총비서와 남한의 대통령이 서로 협력하여 남북한 모두 평화롭게 잘살고 경제 대국으로 함께 나갈 수 있는 길은 남북한이 함께 협력하여 문화 컨텐츠 사업을 계획하고 추진하는 일이라고 생각한다.

4. 보이지 않는 전쟁

전쟁이란 총과 탱크를 가지고 하는 것만 전쟁이 아니다. 지금 우리들이 겪고 있는 코로나 팬데믹도 전쟁이고 지구온난화로 인해 수없이 많은 사람이 죽어갈 때 재난이라고 하지만 넓은 의미로 전쟁으로 볼 수 있다. 만일 지금 지구온난화에 대한 대책을 세우지 않는다면 10년 후 우리나라 국토의 5% 이상이 물에 잠길 수 있다고 관측하고 있다. 해양 환경에 많은 문제가 발생할 것으로 예상하고 있다. 그리고 가장 심각한 것은 식량문제와 주거문제다. 더 이상 자연을 이용하여 농작물을 재배하는 것이 불가능할 때가 올 것이다. 그렇게 되면 넓은 영토가 필요 없게 된다.

지금 러시아가 우크라이나를 침략하려는 것은 우크라이나가 흑토이기 때문에 비옥한 땅으로 농사짓기에 좋은 땅이기 때문에 탐내는 것도 하나의 이유라고 본다. 하지만 미래에는 비옥한 땅도 무용지물이 될 것이다. 결국 러시아가 우크라이나를 침략할 필요가 없는 것이다.

5. 과학자 테슬라와 세계가 나가야 할 미래 방향

1856년 7월 10일 동남유럽 중앙의 발칸반도 세르비아 영토였던 크로아티아의 스미즈란에서 '니콜라 테슬라' 라는 아기가 태어난다. 우리에게 잘 알려진 발명왕 에디슨보다 훨씬 훌륭한 발명품을 개발하고 수많은 과학적 원리를 발견 했음에도 불구하고 에디슨에 가려진 채 세상에 거의 알려지지 않았던 비운의 천재 과학자 !

그는 1875년 오스트리아의 그라츠에 있는 공예학교에서 전자공학을 공부하고 1878년 12월에 그는 그라츠를 떠나 현재 슬로베니아 공화국에 있는 미르보르로 갔다가 1882년 프랑스 파리로 가게 된다. 테슬라가 프랑스 파리에서 일자리를 구하려고 할 때 미국에서 유명한 에디슨이 프랑스 파리에 <에디슨 컴퍼니> 라는 회사의 지점을 내서 일할 근로자를 모집하는 중이었다. 이때 테슬라가 <에디슨 컴퍼니> 회사에 입사하여 기술자로 일하게 된다. 테슬라는 프랑스 파리의 <에디슨 컴퍼니>에서 기술을 인정받아 미국 뉴욕에 있는 <에디슨 컴퍼니>로 건너가 뉴욕에서 일하게 된다. 테슬라는 에디슨이 요구하는 데로 여러 가지 발명품을 성공시켰으나 에디슨이 처음에 약속한 성공 보수에 대한 약속을 지키지 않자 에디슨과 결별을 선언하고 <에디슨 컴퍼니>에서 나와 1886년 전력 제조 회사를 차린다.

발명하는 것과 회사를 운영하는 것은 별개여서 여러 가지 어려움을 겪게 된다. 1891년 7월 30일 35세의 나이로 미국시민권을 얻는다. 미국 뉴욕 남쪽의 5번가에 실험실을 차렸고 나중에는 휴스턴 거리에도 실험실을 설치하여 다양한 발명품을 만들게 된다. 그 중에서 1895 년 나이아가라 폭포에 웨스턴 하우스사와 함께 수력발전소를 세워 성공시켰고 1897년에는 우주에 떠도는 방사선을 발견했고 1898년에는 라디오를 통해 원격 조종하는 선박을 만들었다.

1920 년대에는 테슬라가 여러 가지 발명품의 성공으로 더욱더 연구 개발에 몰두하게 되는데 이때 개발하려고 했던 발명품이 '죽음의 광선' 이라는 레이저를 이용한 발명품인데 어떠한 무기보다 강력한 파워를 가진 무기로 영국 정부가 테슬라와 협상을 거쳐 가져가려 했다고 한다. 테슬라는 '죽음의 광선'에 대하여 말하기를 모든 전쟁을 끝낼 초강력 무기라고 했다. 그 당시 미국이나 영국, 프랑스를 비롯한 어느 나라도 그가 고안한 '죽음의 광선'을 사기 위해 계약을 맺지 않았다. 지금도 그렇지만 발명품을 고안하게 되면 보안이 철저해야 하는데 1920년대이니 얼마나 보안에 취약했을까? 미루어 짐작할 수 있다.

1928년에는 테슬라가 전자레인지를 개발했는데 이후에 실험실에 원인 모를 화제가 나서 그동안 연구해 둔 과학 원리들과 발명품들이 불에 타버렸고 평소에 심장이 좋지 않았던 테슬라는 더욱더 심장병이 악화되어 더 이상 발명품 만들기가 힘이 들자 말년에 뉴욕에 있는 뉴요커 호텔의 3327번방에서 지내게 되는데 죽는 날까지 자신이 발명한 과학이론을 기록하고 연구하는데 몰두하다가 결국 1943년 1월 7일 테슬라가 머물던 뉴요커 호텔에서 심장마비로 사망한다.

테슬라가 생전에 남긴 모든 기록과 연구 결과물은 뉴욕 맨하튼 창고에 미국 정부에 의해 보관되고 있다고 한다.

만일 테슬라가 만들려고 했던 '죽음의 광선' 이라는 무기를 1920년대에 어떤 나라가 제작해서 지금 보유하고 있다면 우리는 어떻게 대처해야 하는가 ? 비밀은 없다는 말이 있듯이 어떤 나라는 '죽음의 광선'과 비슷한 무기를 제작해서 보유하고 있지 않을까 ? 상상해 본다. 나는 그래서 핵전쟁은 일어나지 않을 것 같다.

핵 버튼을 누르려는 계획이 있다면 누군가에게는 발각되게 되는데 이때 핵 버튼을 누르기도 전에 이미 '죽음의 광선' 이라는 무기를 원격으로 작동시킨다는 것이 나의 예상이다. 결국 몇몇 나라가 보유하고 있는 핵무기도 '죽음의 광선'의 무기 앞에서는 무용지물이 될 것 같다. 핵무기도 힘을 잃게 되는 시대에 가장 처참한 전쟁은 바로 식량 전쟁이다. 지구 온난화가 심해져서 더 이상 자연을 이용하지 못하게 되면 그때는 인공 논과 인공 밭에서 농사를 지어야 하고 인공 바다 에서 물고기를 길러야 하는 시대가 올 것이다.

그 시대가 오면 첫 번째 씨앗 종류를 가장 많이 보관 하고 있는 나라와 둘째는 천연 에너지가 많이 매장되어 있는 나라가 주도권을 가지게 된다. 우리들은 그런 나라들과 잘 지내야 한다. 일찍부터 식량 전쟁을 대비한 나라들에 의해 지금 세계 경제가 흔들리고 있고 분쟁이 일어나고 있다. 우리는 다같이 협력하여 함께 잘 살 수 있는 방법을 지금부터 찾고 준비해야 한다.

참고문헌 : 덩샤오핑 평전
벤저민 양/권기대 옮김
황금가지

어메이징 세계사
도현신 저자 / 서해문집

세 번째 사설문

주제 : **우크라이나와 러시아 전쟁을 염려하는 마음을 담은 글**

2022년 3월 17일
창랑국제교육문화교류협회
총재 : **김현영**

미국은 유럽의 대부분의 나라들이 미국편이라고 착각 한다.

만일 유럽의 각 나라들이 확실하게 미국편이었으면 러시아는 우크라이나와 전쟁을 일으키지 않았나.

러시아 푸틴 대통령은 유럽의 대부분의 나라들이 러시아의 저렴한 천연가스에 의해 나라경제가 유지되고 있고 그 나라의 안보 뿐 만 아니라 식량문제까지도 영향을 미치고 있다고 이미 꿰뚫고 전쟁을 시작했다.

그리고 우크라이나와 러시아의 전쟁에 대하여 유럽의 지도자들이 중재를 하고 있으나 성과가 없이 결렬되는 것은 전쟁결과를 예측할 수 없어 미래에 러시아의 도움이 필요한 유럽의 정상들이 소극적으로 중재에 나설 확률이 높다.

지난 역사를 돌아오면 세계 1차 대전과 세계 2차 대전이 왜 일어났는지 알 수 있다. 그리고 지나간 역사를 이해한다면 만일 세계3차 대전이 일어날 수 있는 화약고가 될 수 있는 지역이 어느 곳인지 알 수 있다. 그곳은 지정학적으로 전략적 요충지의 나라들로 늘 위기와 기회를 동시에 가지고 있다. 이런 나라들의 지도자들은 위기에 잘 대처할 수 있는 능력을 갖추어야 한다.

아울러 우리나라도 전략적 요충지로써 어떠한 어려운 상황이 와도 대통령이 감정을 잘 다스리고 평정심을 잃지 않아야 나라를 지킬 수 있으며 인재를 등용함에 있어 다양한 분야의 사람들을 골고루 등용시켜 새롭게 변하는 세계질서에 민첩하게 대응해야 국가의 위기를 막을 수 있다. 아무리 작은 소수 정당이라도 큰 장점이 있으며 한사람의 지혜보다는 두 사람의 지혜가 필요하고 두 사람의 지혜보다는 여러 사람의 지혜가 절실한 때다.

세계지도를 보면 미국은 강대국이 될 수밖에 없는 지정학적 위치에 있다. 주변 나라에서 쉽게 침입할 수 없게 다른 나라와 국경을 맞대고 있는 것보다 바다가 근접해 있어 외부 세력에 방해 받지 않고 경제분야, 금융분야, 과학분야, 군사분야 기타 여러 방면에서 발전할 수 있었다.

즉 앞만 보고 나가면 강대국이 될 수 있는 지정학적 위치에 있었다. 하지만 이러한 미국의 지리적 장점에도 불구하고 큰 맹점이 있었는데 아시아와 유럽의 지정학적 정서에 대해서 문외(門外)라는 것이다. 위의 '지정학적 정서'를 미국인에게 이해시키기란 매우 힘든 일이며 미국이 애써 이해하려고 해도 매우 어렵다는 것을 미국은 인정해야한다.

미국이 베트남전에서 패배한 것도 지정학적 정서를 이해하지 못했기 때문이다.

'지정학적 정서'관 쉽게 설명하자면 나라와 나라 간에 국경선을 맞대고 있는 나라들은 싸웠다가 다시 만나야만 하는 상황에서 외면할 수 없는 운명 공동체라는 것이다. 즉 싫어도 가까이 위치하고 있다는 이유만으로 계속 만나야 하는 관계로 정확히 선을 긋기 어렵다는 뜻이다.

우리나라와 중국과의 관계를 보면 쉽게 알 수 있다. 때로는 적대관계일 때도 있지만 경제적으로 많이 연결 되어 있는 것을 보면 가까이 접한 나라와 거래를 하게 되면 서로 이득이 되고 경제적이기 때문에 자연스럽게 운명공동체로 연결되는 상황에 놓이게 된다.

우리나라만큼 중국의 '지정학적 정서'를 잘 알 수 있는 나라가 있을까?

미국은 중국을 만만하게 봐서는 안된다. 그것은 중앙아시아 중심에 위치한 강대국으로써가 아니라 어떤 나라도 모방할 수 없는 '지정학적 정서'를 가지고 있다. 지금도 세계 여러 나라와 일대일로 사업을 하고 있는 것도 '지정학적 정서'에 대한 가치에 대해 잘 알고 있기 때문에 적극적으로 추진하고 있는 것이다.

미국이 중국을 이해하기 위해서는 한국의 도움이 절대적으로 필요하다.

모든 나라간의 관계에서 그렇듯이 영원한 적군도 없고 영원한 동맹도 없지만 특히 '지정학적 정서'가 밀접한 나라간의 관계에서는 더 빨리 쉽게 바뀔 수 있다.

이 말은 오늘의 적군이 곧바로 내일의 동맹이 될 수 있으며 오늘의 동맹이 내일의 적군이 될 수 있다는 뜻이다. 즉 이번 우크라이나와 러시아 전쟁에서 중국과 러시아 관계가 오늘은 동맹이 되어 협력했다가 내일은 서로 견제해야하는 상대가 될 수 있다는 의미다. 우크라이나 전쟁이 길어지면 중국과 러시아와 미국의 갈등 구조가 세계를 얼마나 위험에 빠뜨릴지 우리는 반드시 알아야 한다.

최근 뉴스를 보면 미국의 바이든 대통령이 중국의 시진핑 주석에게 만일 중국이 우크라이나 전쟁에서 러시아를 돕는다면 반도체 제재를 가하겠다고 하는데 그렇게 되면 중국이 대만을 침략할 수 있는 빌미를 주게 되는 것이며 오히려 마음속으로 바라고 있는 유인책에 휘말리고 있는 것은 아닌지 깊이 생각해 봐야 한다.

최악의 시나리오는 러시아와 우크라이나 전쟁이 길어지고 중국과 대만이 동시에 전쟁이 일어나는 것이다. 전 세계에서 전쟁이 두 곳에서 일어나면 세상이 어떻게 될 것인가는 각자가 판단하면 된다.

마지막으로 우크라이나 블로디미르 젤렌스키 대통령에게 하고 싶은 말이다.

일부 언론에서 젤렌스키 대통령을 추켜세워 대단한 대통령으로 보도하고 있는데

'당신은 영웅이 아니다'라는 사실을 빨리 깨닫기 바란다.

러시아는 우크라이나보다 여러 면에서 몇 배 더 우월하다. 우크라이나가 처해진 현실에 대하여 냉철하고 정확하게 판단하기를 바란다.

왜? 푸틴 대통령이 우크라이나에서 전쟁을 일으켰는지 젤렌스키 대통령은 알고 있는지 묻고 싶다. 만일 안다면 당신이 앞으로 어떤 결정을 내려야 하는지 스스로 판단 할 수 있을 것이며 만일 답을 모른다면 먼저 답을 구하기를 바란다.

푸틴 대통령이 우크라이나와 전쟁을 하기 위해 러시아의 경제파탄을 감수하면서 강행하고 있고 푸틴 대통령 자신도 국제적으로 손가락질을 당하면서까지 전쟁을 밀어부친다는 것은 이번 전쟁이 러시아 미래에 그만큼 중대하다고 판단했기 때문이다.

지금 우크라이나는 전체를 잃을 것인가? 일부를 잃을 것인가? 두 가지 선택밖에 없음을 반드시 알아야한다. 앞으로 전쟁이 길어지면 한 가지 길밖에 없다. 우크라이나 전체를 잃는 것이다. 왜냐하면 유럽에 나라들이 우크라이나 전쟁으로 인해 극심한 식량난으로 어려움이 올 수 있으므로 우크라이나 전쟁에서 더 이상 관여하지 않고 거리를 둘 가능성이 높다.

지금 지체할 시간이 없다.

러시아에게 우크라이나가 모두 점령되었을 때를 상상해 보라.

만일 러시아가 우크라이나 전쟁으로 국가부도에 직면하게 되면 푸틴대통령이 어떻게 돌변할지 예측 불허이다.

젤렌스키 대통령은 미국과 유럽의 나라들과 논의하여 신속히 우크나이나 동부지역 일부와 크림반도를 협상 테이블에 올려놓고 신중하게 조율해 나가기를 바란다.

아래 지도는 협상 테이블에서 참고하기를 바란다.

지금 기회를 놓치면 우크라이나 뿐 만 아니라 유럽 전체의 위기가 올 수 있음을 젤렌스키 대통령은 알아야 한다.

지금 우크라이나의 모든 영토를 지키려고 하면 젤렌스키 대통령의 욕심이다.

한나라에 지도자의 오판과 욕심으로 무고한 시민들이 더 이상 희생되지 않기를 바라며 더 나아가서 국제질서가 깨져 전 세계가 식량전쟁과 핵전쟁 속에서 고통 받지 않기를 간절히 바라는 마음을 담아 올리는 글.

네 번째 사설문

주제 : **우크라이나 전쟁의 종식과 한반도 미래를 위한 해결방안**

2022 년 4월 8일

창랑국제교육문화 교류협회

총재 : **김현영**

우크라이나 전쟁을 보면서 미래에 국제사회의 경제와 안보에 대하여 예견해본다. 유엔총회에서 4월 7일(현지 시간) 긴급 총회를 열어 유엔 인권 이사회 이사국 자격정지결의안에서 러시아를 유엔 안전이사회에서 퇴출하기로 결의안을 통과시켜 탈퇴를 선언했다.

러시아의 유엔안전이사회 이사국 자격정지 결의안을 찬성 93표, 반대 24표, 기권 58 표로 가결되었다고 한다. 반대표를 던진 나라는 북한, 중국, 이란, 쿠바, 시리아, 베네수엘라, 카자흐스탄, 베트남 등등 주로 러시아와 가까운 나라들이다. 이번 유엔 총회 결의안에 반대표를 던진 대표적인 나라인 북한과 중국은 러시아의 몰락과 푸틴 대통령 정권의 위협에 대하여 그냥 바라보고만 있지 않을 것이다.

만일 푸틴의 정권이 무너지고 미국과 친한 친미정권이 들어서면 중국과 북한의 안보가 위험하기 때문에 국제사회가 러시아를 얼만큼 압박해 나가는지 지켜보면서 공격의 수위를 조절할 것 이다. 국제사회가 이렇게 큰 틀에서 전쟁을 벌이고 있는 사이 힘없고 약한 나라만 경제가 무너지고 먹을 것이 없어 식량 부족으로 죽어간다. 신냉전시대의 희생양들이다. 그래서 전쟁으로 인해 고통받는 당사국인 우크라이나 난민을 위해서나 러시아 국민을 위해서나 전쟁은 하루 빨리 종식되어야 한다.

우크라이나와 러시아 전쟁이 왜 일어났는지 표면적으로 언론에서 말하기를 우크라이나 젤렌스키 대통령이 우크라이나를 중립국 위치에 놓고 정권을 유지해야 하는데 갑자기 북대서양 조약 기구 나토(NATO)에 가입하겠다고 발표했다가 러시아의 푸틴 대통령이 러시아의 안보에 위협을 느껴 전쟁을 강행했다고 하는데 위 내용은 전쟁의 원인 중 일부라고 본다. 좀 더 자세히 들여다보면 10년 후 세계질서의 방향 설정에 대하여 미리 염두 해 두고 우크라이나 전쟁이 일어났다고 생각한다. 그 중심에는 식량과 에너지가 주요 핵심일 수 있다.

누가 먼저 어떤 나라가 전쟁의 원인을 제공했던 두 나라 모두 엄청난 피해를 입고 있고 국민들은 절규하고 있다. 우크라이나에 주변국들은 무기를 지원해 주고 있고 젤렌스키 대통령은 미국과 유럽연합에 무기를 지원해 줄 것을 호소하고 있다. 그렇게 되면 전쟁이 점점 더 길어진다. 세상에 공짜가 없다는 말이 있다. 지금은 다른 나라에서 무기를 지원받지만 결국 언젠가는 댓가를 지불해야 한다. 폐허가 된 우크라이나를 재건하려면 막대한 자금이 있어야 하는데 만일 이번 전쟁에서 지원 받은 무기 값을 갚기 위해서는 우크라이나에서 무엇을 줄 수 있는지 깊게 생각해봐야 한다. 아마도 땅 덩어리를 떼어서 줘야 할지도 모른다. 전쟁이 길어지면 우크라이나 영토가 공중분해 될 수도 있다.

내가 만일 젤렌스키 대통령이라면 돈바스지역 마이우폴 크림반도 등 동남부 일부를 러시아에 팔겠다. 얼마에 팔 것인지는 러시아 푸틴 대통령과 협상하면 된다. 아래 지도를 가지고 협상 테이블에 올려놓고 최적의 조건으로 협상하기 바란다.

현재 러시아의 천연 에너지가 풍부하니 반절은10년 동안 에너지를 공급받는 조건으로 값을 받고 나머지 반절은 현재 우크라이나 재건이 급하니 바로 받는 것으로 계약을 하면 될 것 같다. 계약조건은 서로 논의하면 된다. 이렇게 우크라이나 땅의 일부를 러시아가 값을 지불하고 가져가게 되면 러시아도 국제사회로부터 대외적인 이미지가 희석될 수 있다. 더 나아가서는 국제사회가 전쟁으로 인해 러시아에 비난과 함께 경제제재를 하고 있는데 일부 해제 할 수 있는 명분을 줄 수도 있다.

우크라이나와 러시아가 영토를 매매하기 위해 협상이 이루어지면 결재 방식은 달러화 또는 유로화를 채택할 수도 있다고 생각한다. 이렇게 되면 우크라이나도 좋고 러시아도 좋고 유럽도 좋고 대부분의 나라들이 지금보다 좋은 여건으로 바뀐다. 우크라이나 젤렌스키 대통령이 지금 할 수 있는 최선의 방안이라고 생각한다.

만일 이번에 팔게 된 동남부 일부를 다시 찾고 싶으면 우크라이나에서 경제를 일으켜 다시 러시아에서 사면된다. 그 몫은 젤렌스키 대통령의 후임 대통령에게 위임을 해라. 젤렌스키 대통령의 공과 실은 역사가 흐른 뒤에 후세들이 평가할 것이다. 우크라이나 전체를 잃을 수도 있는 상황에서 끝까지 항복하지 않고 일부 동남부 땅을 팔아서 우크라이나를 재건시키고 그 값으로 미래에 닥쳐올 에너지의 위기로부터 우크라이나를 지키게 해준 위대한 지도자로 평가 받을지 그것은 앞으로 우크라이나 국민들이 이번 전쟁에서 겪은 뼈저린 고통을 거울삼아 다시 어떻게 우크라이나를 일으키느냐에 달려있다고 본다. 이어서 한반도는 이번 우크라이나 전쟁을 통해서 많은 것을 배워야 하며 나라의 안보에 대하여 깊이 생각해봐야 한다.

유럽과 러시아 사이에 낀 전략적 요충지인 우크라이나는 영토가 넓은 땅으로 러시아 같은 강대국도 쉽게 점령하기 어렵지만 한반도는 우크라이나보다 영토면적이 작고 주변이 대부분 바다이기 때문에 남쪽과 북쪽을 향해서 서로 미사일 한발이라도 발사 되어서는 안된다. 어떠한 이유로든 전쟁이 시작되면 곧 바로 3차 대전으로 이어질 수 있다고 볼 때 남북한이 서로 협력하고 조율하여 한반도를 스위스처럼 중립국으로 만들 수 있는 방법을 모색하는 것이 바람직하다고 생각한다.

세계평화를 위한 마음을 담아 올리는 글.

에필로그

심봉사는 어린 심청이에게 효도를 할 수 있는 기회를 줬으며 기꺼이 효도를 받았다. 심청이가 추운 날 마을에서 음식을 얻어와 심봉사가 밥을 편하게 먹을 수 있게 반찬을 숟가락 위에 올려 주면 심청이의 효심을 봐서라도 받아 주었다. 심청이는 자신의 효도를 받을 수밖에 없는 아버지의 상황을 이해하고 더욱 극진히 모시게 된다.

심청전 뿐 만 아니라 우리나라 옛날이야기를 보면 자식이 부모에게 효도하는 내용이 많이 나온다. 내가 어렸을 때만 해도 옛날이야기에 효심에 대한 이야기가 많이 나와 부모님께 효도를 해야 사람의 도리를 다하는 것이라고 배웠다. 그런데 언제부터인가 효도에 대한 이야기가 많이 없어지고 우리들 가까이에 다른 나라들의 동화책으로 채워지면서 더 많이 사라지고 있다는 것을 느끼게 되었다.

나는 지금 우리나라에 심청전이 꼭 필요 하다고 생각하여 '나라를 구한 심청전' 을 쓰게 되었다. 심청전은 단순히 효에 대해서만 이야기 한 것이 아니라 심청이가 어떻게 해서 효녀가 될 수 있었는지에 대해서도 알려 주고 있으며 또 사람이 세상을 사는 동안 만나야 할 사람과 만나지 말아야 할 사람에 대해서도 알려 주고 있다. 사람이 착하게 살면 언젠가는 복을 받고 좋은날이 온다는 교훈도 담겨져 있다.

심청전 한권에 인간의 희로애락이 담겨 있고 사람의 도리를 가르쳐 주고 있으며 삶을 살아 갈 때 어떻게 살아야 한다는 교훈이 모두 들어 있다. 세상에 어떤 책도 심청전만큼 많은 것을 가르쳐 주는 책이 없으며 어떤 책과도 비교할 수 없을 만큼 훌륭하고 위대한 책이다.

심청전은 우리민족의 가장 아픈 곳을 어루만져 주기도 하면서 동시에 해결방법도 가르쳐 주고 있다. 심청이가 인당수에 빠졌을 때 전지전능한 용왕님의 힘을 빌어 포기하지 않으면 신적인 존재가 도울 수 있다는 것을 암시해 주고 있다. 이 뜻은 사람이 어떠한 일을 할 때 최선을 다하고 난 후에 인간의 힘으로 안 될 때는 운명 앞에 순응 할 줄도 알아야 한다는 뜻을 가르쳐 주고 있다.

우리나라 고전소설에 용왕님과 옥황상제님 천지신명님이 가끔씩 등장하는데 이것은 힘이 약한 나라가 전지전능한 신의 도움 없이는 도저히 살 수 없었던 현실 앞에 마지막 단계에서 인간의 초인적 힘이 나온다고 볼 때 대한민국의 오천년 역사는 훌륭하다. 라고 말하기 보다는 오히려 경이롭다. 라는 표현이 더 적합하다고 생각한다.

지금까지 수없이 많은 전쟁 속에서도 유유히 견뎌 나온 우리 조상님들의 아픔과 고통으로 얼룩진 삶의 흔적 속에는 말로 표현할 수 없는 비밀이 숨겨져 있다.

그 중심에 심청전이 있다고 생각한다. 그래서 심청전에는 신비한 힘이 있어 사람의 마음을 움직여 동화시킨다.

나는 심청전이 마음의 위안을 주고 치유가 될 수 있다는 것을 직접 경험했다.

지금부터 석달전에 전북 전주에 사시는 지인분과 전화 통화를 하게 되었다.

나에게 요즘 어떻게 지내고 있는지 궁금하다고 물어보셔서 책을 한권 출간 하려고 글을 쓰고 있다고 말씀 드렸더니 어떤 내용의 책을 쓰고 있냐고 물으셨다.

우리나라의 고전소설인 심청전에 대해서 쓰고 있다고 했더니 잠시 전화 목소리가 들리지 않고 말씀을 제대로 잇지 못하고 계셨다.

혹시 전화가 끊어진 줄 알고 여보세요 ? 여보세요 ? 라고 했더니 지인분께서 내가 심청전에 대해서 글을 쓰고 있다는 말을 듣고 감격하여 말을 잇지 못했다고 하시면서 나에게 미안하다고 사과를 하셨다.

내가 곧 아흔을 바라보는 나이인데 돌아가신 어머님과 심청전과 얽긴 추억이 생각나 목이 메어 말씀을 제대로 못하셨다고 하셨다.

어린시절 잠을 자기 위해 이불속에 누워 있으면 호롱불 밑에서 어머님의 낭랑한 목소리로 들려 주셨던 추억 속에 심청전을 떠올리다 보니 감정적으로 격하셨는지 더 이상 말씀을 잇지 못하시고 전화 통화를 마치게 되었다.

다음날 지인분께서 다시 전화가 왔다.

어제 나하고 전화 통화를 끊고 나서 신경안정제를 드셨다고 했다.

그리고 나에게 몇 번이나 고맙다고 하셨다. 심청전이라는 말만 들어도 어머니 생각이 나고 추억이 생각난다면서 어머님께서 시집오실 때 예물로 혼례 삼대 교본으로 심청전, 홍부전, 춘향전을 가지고 오셨는데 어머님이 심청전을 읽어준 덕분에 그래도 세상을 바르고 정직하게 살려고 노력했다는 것과 친구들에게도 이야기 잘하는 친구로 인기를 얻어 좋은 친구도 많이 사귈 수 있었다고 하시면서 어머님이 너무 보고 싶고 그립다고 하셨다.

마치 어린시절로 다시 돌아가신 것처럼 즐거워하시며 어머님에 대해 말씀을 이어 나가셨다.

오늘 김선생에게 우리 어머님에 대해 말할 수 있어 지금까지 죽지 않고 오래 산 보람이 있으시다면서 너무 감격해 하셨다. 심청전에 대해 잘 가르쳐주신 어머님의 함자를 말씀해 주시면 제 책에 넣겠다고 했더니 '김 성녀' 라고 하시면서 돌아가신 어머님께서 무척 좋아 하실 것 같다고 하시며 나에게 여러 번 고맙다고 하셨다.

심청전은 아흔을 바라보는 어르신을 울리기도 하고 웃게도 만든다. 심청전에서 나오는 이러한 힘은 어떻게 설명할 수 없다. 모든 슬픔의 경지를 딛고 일어나 해탈의 경지에 다다른 수도자처럼 초인적 힘을 지녔다. 우리 조상들이 물려준 가장 위대한 유산으로 우리나라가 세계 속에 우뚝 설 수 있도록 초석이 되고 더 나아가서는 세계 사람들의 마음을 움직여 평화의 도구로 쓰여질 것이다.

'나라를 구한 심청전'을 마무리 하면서 네 분의 얼굴이 떠오른다.

첫번째로 아버지 얼굴이 떠오르고 두 번째는 엄마 얼굴이 떠오른다.

두 분 중에 한 분이라도 안계셨다면 내가 어떻게 이 세상에 태어났을까?

지금까지 부모님께 효도함에 있어 부족함이 없었는지 되돌아보며 이번 심청전을 쓰면서 더 많이 효도 해야겠다고 다짐해본다.

세 번째는 1학년 때 담임선생님이셨던 장병순선생님 얼굴이 떠오른다.

내 머릿속에 지식을 넣어주기 전에 따뜻한 마음부터 가르쳐 주신 고마우신 선생님이 안계셨다면 내가 어떻게 심청전의 가치를 알아볼 수 있었을까?

네 번째는 2학년 때 담임선생님이셨던 윤석진 선생님 얼굴이 떠오른다.

선생님께서 들려주신 이야기 교육이 밑거름이 되어 책을 좋아하게 되고 글 쓰는 것을 좋아 하게 되었다.

네 분 중에 어느 한 분이라도 나하고 만나지 않았다면 '나라를 구한 심청전'을 쓸 수 없었을 것이다. 내가 이 책을 마무리 할 수 있게 영감과 재능을 주신 네 분께 감사드리며 '나라를 구한 심청전'를 네 분께 바칩니다.

나라를 구한 심청전

펴낸 날	2022년 06월 27일
저자	김 현 영
발행인	석 종 환
편집인	신 선 호
표지 디자인	김 현 영
발행처	도서출판 예 림
등록일	2000년 05월 15일
등록번호	1-2685
주소	(12120) 경기도 남양주시 강변북로 632번길 9 영석빌딩 3층 도서출판 예림
전화	02) 921-6045 팩스 02) 921-4524
편집실	(04553) 서울시 중구 삼일대로 8길 12(충무로 2가) 태광빌딩 201호
홈페이지	https://www.yelimbook.com
작가 이메일	woojucap@hanmail.net
제작	화신문화 02) 2277-7848

ISBN 978-89-6475-189-3